에르베리노

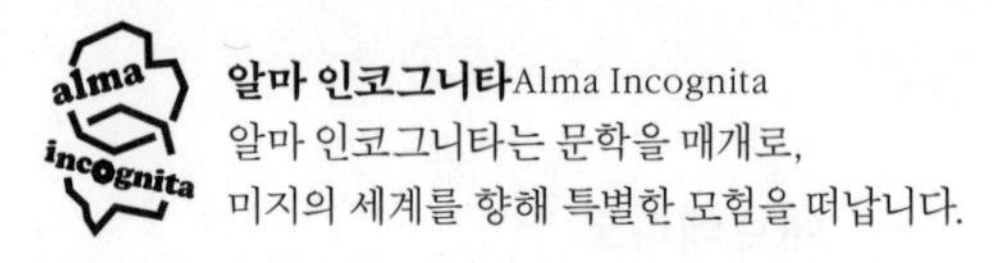
alma
incognita
알마 인코그니타Alma Incognita
알마 인코그니타는 문학을 매개로,
미지의 세계를 향해 특별한 모험을 떠납니다.

에르베리노
Hervelino
유대, 우정, 사랑의 이름

마티외 랭동
Mathieu Lindon

신유진 옮김

차례

일러두기

- 본문 하단의 주는 옮긴이 주다.

에르베리노, 그 말이 내 목구멍을 타고 들어왔다.

가까운 지인들의 이름을 슬라브식으로 부르거나(마르코비치, 발렌티노비치, 때때로 에르베에게 나는 마테오 또는 마테오비치였다) 이탈리아식으로 바꿔 부르는(그렇게 바꿔 부를 수 있다면) 기이한 습관이 있던 나는 에르베를 금세 나만의 방식으로 부르기 시작했다. 우리는 거의 늘 단둘이 만났고, 그래서 그가 세상을 떠나자 그 애칭을 부르며 그에 대한 이야기를 나눌 사람이 없었다. 그것은 사랑했지만 이제는 세상에 없는 존재에게 "내 사랑" 또는 "자기"라고 부르는 것과는 다르다, 그런 말들은 언제든지 다른 이들을 부르는 말이나 피하는 말이 될 수 있으니까. 우리 관계의 한 측면을 설명해줬던 에르베리노는 이제 존재하지 않는다. 그 말에는 어떤 가벼움이 있었고, 에르베의 죽음이 점점 실질적으로 다가왔을 때도 나는 어쩌면 그 비슷한 것이 있을지도 모른다고 생각했다. 그래서 에르베가 죽기 전에 함께 기숙사 생활을 했던 로마의 메디치 빌라에서의 카니발을 추억하는 일은 내게 작은 기쁨이다. 에르베는 그 축제에서 우리가 무대에 올라 제인 버킨과 세르쥬 갱스부르로 변장하여 〈끔찍하니까 마음 단단히 먹어〉라는 노래를 부르는 것을 상상했다. 그러니까 그는 겁에 질린 불쌍한 여자아이를, 나는 색정광을 연기하려고 했던 것이다. 그는 우리의 듀엣에 '에르베리네트와 댕도노'라는 이름을 붙이려 했지만 그 듀엣은 결성되지 않았다. 내가 싫은 티를 냈던 모양이다. 그러나 그 축제 동안 에르베리노는 그 어느 때보다도 존재감을 드러냈다.

내게 에르베리노라는 말은 에르베보다 우리 두 사람을 떠올리게 한다. 평범한 말이지만 그것은 그였고 나였으며, 그는 그것을 자신의 것처럼 받아들였다.

우리는 1989년 여름, 미셸 푸코가 우리를 위해 준비한 작은 모임에서 처음 만났다. 그는 그 집의 구석진 곳에 혼자 있었고, 나는 소심함을 이겨내고 그에게 다가가 말을 걸었다. "에르베 기베르, 벌을 받는 중인가요?" 미셸이 나에 대해 대충 이야기를 했던 것 같다. 왜냐하면 우리가 알게 된 지 몇 주밖에 되지 않았는데 그가 내게, 어떤 친구가 그의 집 인터폰을 눌렀고 누구인지를 묻자 닮은 구석이 전혀 없는데도 "마티외 랭동"이라고 대답했다는 이야기를 들려줬기 때문이다. 그리고 그것은 그가 그런 식으로 나에 대한 이야기를 많이 들었다는 것을 의미했다. 우리의 이름은 중요했다. 우리가 가진 본래의 이름도, 우리가 서로를 부르는 이름도…. 에르베리노는 되살아날 수 있을까?

에르베리노, 그 단어는 이탈리아를 떠올리게 하고, 이탈리아는 에르베를 떠올리게 한다, 에르베리노라는 이름이 탄생하기 전이긴 하지만. 우리 관계가 시작된 시점으로 거슬러 올라가면 이탈리아는 아직 멀리 있었고, 우리는 이 관계가 거의 궁극의 단계까지 이르게 되리라는 것을 알지 못했다. 몇 년이 지난 후, 나는 에르베를 엘바섬에 있는 한스 조르주의 집에서 다시 만났다. 그곳은 그가 그토록 좋아했던 산타카타리나의 외진 오두막이었다. 그러나 메디치 빌라에서의 생활은 전혀 달랐다. 1987년 가을, 에르베는 자신이 HIV 보균자라는 사실을 알게 되기 직전에 2년 동안 머물 계획으로 그곳에 왔다. 외젠은 그와 함께 선발 시험에 합격했지만 나는 떨어졌고, 결국 다음 해가 되어서야 그들과 합류하게 됐다. 우리 셋은 열두 달 동안 기숙사 생활을 했다. 1989년 가을에 외젠이 로마를 떠났고, 에르베 역시 노력했지만(그는 그곳에서 1년을 더 머물기 위해 큰 기대 없이, 그러나 열정적으로 데생 화가 자격으로 지원했다) 기숙사를 나가게 됐으며, 나는 1년을 더 남아 있게 됐다. 그해 우리는 항상 붙어 다녔고, 내게 배당된 숙소가 2층으로 되어 있어서 에르베와 함께 지낼 수 있었다. 그는 그곳에 남아 있을 수 있어서 무척 행복해했다. 그는 우리가 그곳을 떠나고 15개월 후에 사망했다. 그때는 익숙함에 미처 깨닫지 못했지만, 로마에서 보낸 그 두 해는 10년이 지난 지금도 무언가 남아 있는 일종의 결말이었다.

에르베가 없었더라면 나는 그 빌라에 가지 않았을 것이다.

그곳에서 외젠과 셋이 모이자는 것은 에르베의 아이디어였다. 나 혼자만의 의지로 그곳에 가는 일은 절대 없었을 것이고 그것은 지금도 마찬가지이기 때문에 그가 그런 생각을 했다는 것에 감사한다. 내 친구 라쉬드도 2000년에서 2001년까지 빌라에 머물렀는데, 내가 권하지 않았더라면 절대 그런 생각을 하지 못했을 것이다. 에르베가 내게 권하지 않았다면 나 역시 그에게 제안할 수 없었을 테고. 나는 가끔씩 로마에 그를 보러 가서 그에게 에르베와 내가 빌라에서 겪었던 일을 들려줬고, 라쉬드가 그곳을 떠난 후에도 종종 빌라는 우리 대화의 주제가 됐다. 나는 어느 순간부터 에르베에 대한 글을 쓰는 게 좋을 것 같다고 생각했고, 그렇게 하고 싶었지만 그럴 수 없었다, 무엇을 떠올려야 할지 몰랐으니까. 라쉬드에게 내가 그곳을 떠나기 전에 빌라의 교장이 내게 마지막으로 했던 말을 들려줬다. "살이 쪘네요." 그건 부정할 수 없는 사실이었다. 라쉬드는 이렇게 말했다. "친구를 위해 살이 찌다니 멋지네. 그런 이야기를 써야지." 그는 내 몸무게가 늘어난 것을 모험처럼, 에르베와 나의 우정의 절정처럼 생각했다. 나는 불어난 몸무게 몇 킬로그램에 내 입맛에 맞는 이탈리아 요리가 한몫했다는 사실을 부정하지 않고도 그의 말에 설득될 수 있었다.

로마에서 보낸 마지막 해에 먹었던 '통조림'을 기억한다.

에르베는 에이즈로 인해 줄어드는 몸무게와 싸워야 했다. 그에게 먹는 것은 곧 치료였다. 우리는 서로의 숙소가 빌라 양

끝에 있었던 시절에도 매일 점심과 간식과 저녁을 함께 먹었지만, 아침 식사는 각각 따로 먹었다. 서른을 훌쩍 넘긴 이들이 매일(매달의 절반만 로마에서 보내긴 했지만) 간식을 먹는다는 것은 흔한 일은 아니다. 우리는 일종의 놀이에 몰두한 것처럼 이 독창적인 활동을 유지하려 애썼다. 우리가 '흔들의자'라고 불렀던 곳은 꿈의 장소였다. 일곱 개의 언덕 중 하나인 핀치오에 있는 카시나 시계탑은 빌라 정원과 연결됐는데, 내가 두 공원을 연결하는 작은 문의 열쇠를 손에 넣으면서 로마 특유의 기복이 심한 땅을 피해 산책할 수 있게 된 것은 특히 즐거운 일이었다. 우리는 이쪽 정원에서 저쪽 정원까지 거닐었다. '흔들의자'는 실외에 흔들의자(쁘띠로베르 사전에서 '천으로 된 지붕이 있는, 여러 명이 앉을 수 있는 정원용 흔들의자'라는 정의를 읽었는데, 정말 딱 그것이었다)가 있어서 장난스러운 느낌을 주는 술집이었다. 우리는 봄과 여름 동안 비가 많이 쏟아지는 날을 제외하고는 매일 그곳에 갔다. 거기에는 유쾌함과 젊음이 있었다. 하루하루가 좋았다. 그곳에서 아이들과 마주치기도 했지만, 기숙생들을 마주치는 일은 절대 없었다.

에르베와 나는 요리를 하지 않았고 외젠과 카린의 집에 초대받을 때 빼고는 매끼를 식당에서 해결하는 데 장학금을 썼기 때문에 식당은 중요한 장소였다. 나는《사랑한다는 것의 의미Ce Qu'aimer veut dire》에서, 미셸 푸코가 내게 빌려줬고 우리가 함께 모여 살았던 보지라 길의 아파트 이야기를 하면서, 나도 다른 사람들도 그곳에 살 때 우리가 어떻게 저녁을 먹었는지 기억하지 못한다는 사실을 깨달았다. 집에서 밥을 먹지 않았던 것은 분명한데 어떤 식당이나 바도 우리의 기억에 남아 있지 않았다. 로마는 수많은 곳을 기억한다. 에르베는 늘 식당의 수준에 신경 썼고, 그에게는 음식뿐 아니라 그 장소에서 시간을 보내고 싶게 하는 매력도 중요했다.

내가 오기 전, 첫해에 에르베는 라 피아체테리아에서 매일 점심을 혼자 먹었고, 내가 온 해에도 문을 닫는 주말을 제외하고는 역시 그곳에서 함께 점심을 먹었다. 우리는 일찍 도착해서 입구의 늘 같은 테이블에 앉으려고 노력했고, 주인 루이치와 종업원 로베르토와 에토르는 종업원 두 명 중 덜 잘생긴 남자와 환상적인 성관계를 가졌던 에르베를 잘 알고 있었다. 그곳은 밖에서는 식당처럼 보이지 않았다. 요리는 가정식이었고, 손님들은 대부분 너무나 익숙한 단골들이라 나 역시 다른 손님들과 인사를 나누며 지내게 됐다. 그러나 저녁이 되면 분위기가 침울해서 다른 곳에서 거절당하거나 혹은 자리가 있는 식당을 찾아 돌아다니기에는 날씨가 너무 궂은 때를 제외하고는 절대 그곳에서 저녁을 먹진 않았다.

스페인 광장 근처에 있던 오텔로는 늘 사람이 많았고 오히려 관광객들을 위한 식당에 가까웠다. 프랑스에서 각자의 친구들이 오면 그곳에 갔는데 보통 저녁에만 갔다. 스페인 광장의 니노 역시 관광객들이 많은 식당이었지만 가끔 단둘이 저녁을 먹으러 갔다. 역시 같은 동네에 있던 식당 34는 마리오 드 피오리 거리의 번지수에서 따온 이름으로, 리조또 알레브(허브 리조

또)가 유명했고, 파르네즈 궁 뒤에 있는 피에르 루이지는 훨씬 멀었는데 리조또 알라 클레마 디 스캄피(새우 크림 리조또)가 유명했다. 앙골레또와 르 캄포 데 피오리는 일요일 점심에도 문을 열어서 날씨가 좋을 때면 야외에서 점심을 먹으려고 그곳에 갔다. 첫 번째 식당에서 두 번째 식당까지 가는 길은 일단 산책하기에 좋았고, 르 캄포 데 피오리*는 이름처럼 나보나 광장 뒤쪽, 시장이 있는 곳에 있었다. 첫 번째 식당은 세련됐고 차가 다니지 않는 광장에 있었는데 에르베가 세상을 떠난 이후로 식당이 문을 닫았는지 다시 찾을 수 없었다. 두 번째 식당은 가격이 저렴했다. 두 식당 모두 우리에게 축제의 기분을 느끼게 해줬다. 르 지아르디노는 에르베가 살았던 빌라와 가까운 거리에 있었고 우리가 좋아하는 식당 중 유일하게 일요일 저녁에 문을 열어서 반드시 일주일에 한 번은 갔던 곳인데 10년이 지난 후에 라쉬드와 그곳에 다시 찾아갔더니 종업원 중 한 명이 나를 알아봤다.

르 세티미오 알라란치오와 아란치오 피자집은 내가 오기 전에는 에르베가 알지 못했던 곳으로 우리가 함께 먹어본 후 단골이 됐다. 알 그란 사쏘, 비아 디 리페타는 내가 빌라에 들어온 지 2년째 되던 해에 알게 된 곳으로 라 피아체테리아를 대신했다. 소박하고 유쾌한 장소였고, 무엇보다 빌라를 묘사한 벽화가

* 나보나 광장 남쪽에 '노천 시장'과 '로마 젊은이들의 쉼터'라는 두 가지의 이름을 가진 곳.

있었다. 우리는 매일 오후 크로스 가게로 도착하는 프랑스 신문을 사서 그곳에 갔다. 보통은 신문을 읽었고 그러다 보면 서로 할 말이 없어졌다. 한번은 말없이 있다가 에르베가 느닷없이 "모시조개"라고 외치면서 내가 읽던 신문을 가로챘는데, 옆 테이블에 있던 프랑스인들이 봉골레 스파게티의 '봉골레'가 무엇인지를 물어봤기 때문이었다.

그러나 가장 즐거웠던 식사는 알랑이 우리를 데리고 소풍을 갔을 때였다.

내가 빌라에 들어오자마자 에르베는 승용차가 있는 한 기숙생을 꼬드기는 중이라고 말했다. 그러나 그는 잘 넘어오지 않았고 우리를 만날 때마다 자동차를 가져가지 않으려고 걸어서 갈 수 있는 곳에만 가자고 했다. 어쨌든 결정은 그가 내리는 것이었으므로 우리는 금세 그를 만나는 것을 그만뒀다.

알랑은 달랐다. 에르베가 빌라에 왔을 때 알랑은 3학년이었고(2년 동안 기숙사 생활을 했고 그의 애인이 기숙사에 들어오면서 계속 남게 됐는데, 에르베도 나를 통해 같은 방식으로 더 머물게 된다) 그는 우리보다 나이가 많았지만 몇 년 전부터 나와 친구로 지내고 있었다. 그는 아파트 두 채로 나뉜 자신의 집에 가장 좋아하는 이웃인 에르베가 머물 수 있게 해줬고, 그다음 해에는 에르베가 그 집을 외젠과 카린이 살 수 있도록 내줬다. 내가 빌라에 있을 수 있게 된 것은 알랑 덕분이었다. 심사위원 모두가 나를 반대했는데, 누군가의 불참으로 알랑이 대신 심사를 했고, 나를 향한 교장과 이사장의 적의가 분명히 드러났지만 나를 싫어하는 몇몇을 포함한 다른 심사위원들은 공정하게 심사할 마음이 있었기에 결국 알랑이 그들의 적의가 과하다는 의견을 이끌어 낼 수 있었다. 그는 자동차를 무척 좋아해서 여러 대를 소유하고 있는데 모두 희소가치가 있는 것들로, 더는 빌라와 공적인 관계가 없는 지금도 그 차들은 여전히 빌라 주차장(잔디밭)에 주차되어 있다. 그는 로마를 너무 좋아해서 아파트를 빌렸고 그곳에서 많은 시간을 보냈다. 그는 누가 자신의 차를 쓰는 데 전혀 거리낌이 없었고 오히려 인심 좋게 빌려줬으며, 가끔 토요일이나 일요일에 우리에게 차를 타고 호수나 로마 근교에 가서 물놀이를 하고 점심이나 저녁을 먹자고도 했다. 아름다운 날들이었다. 또 하나의 특별한 삶을 온전히 즐길 때 그것은 말 그대로 어린 시절에 누린 방학과도 같았다.

보통 그의 여자 친구 다니엘이 알랑과 앞자리에 탔고 에르베와 나는 뒷좌석에 앉았는데 그 차들은 수집 용도로 나온 것을 싸게 사서 고친 것이라 뒷좌석이 하나뿐이어서 에르베와 나는 좁게 붙어 앉아야 했다. 불편했으나 즐거웠다. 알랑이 더 나쁜 조건에서도 우리 넷이 함께여서 즐거웠던 여정의 기억을 곧잘 소환했기 때문에 그것 역시 어린 시절의 방학 같은 느낌이었다.

파리에서 알랑은 라마른강 가에 있는 유명한 술집에 우리를 데려갔다. 매우 즐거운 파티였다. 우리는 자정쯤에 나와 주차할 자리가 없어서 몇백 미터 떨어진 곳에 세워뒀던 알랑의 차를 찾으러 갔다. 그가 차에 시동을 걸다가 타이어에 펑크가 났다는 사실을 깨달았을 때 우리는 상태를 확인하려고 차에서 내렸고 바퀴 네 개가 모두 펑크 난 것을 알게 됐다. 남의 차고 앞에 주차해서 주인이 복수를 했던 모양이다. 그렇게 우리는 한밤중에 외지고 낯선 곳에 놓인 네 명의 바보가 되었다. 그러나 알랑은 조금도 화를 내지 않았고 완벽하게 대처했다. 그저 우리와 인간의 본성에 대한 이야기를 몇 마디 나눈 후에, 공중전화를 찾아 수리공에게 전화를 걸었다. 수리공은 어둠이 점점 더 깊어지는 새벽 1시에 우리를 데리러 왔고, 어디인지는 기억나지 않지만 어쨌든 파리로 돌아갈 수 있는 곳으로 우리를 데려다줬다(적어도 거기까지는 함께 가줬다). 그런데 알랑의 그 세련된 차에는 뒷자리에 정비공이 앉을 자리가 없었고, 앞에 다섯 명이 나란히 앉을 수는 없는 노릇이니 결국 내가 에르베의 무릎 위에 앉아야 했다. 별로 유쾌하지 않은 상황이었는데도 신이 났던 알랑은 이후에도 그 일화를 몇 번이고 다시 꺼냈지만, 정작 그곳에 있었던 증인이자 당사자였던 우리는 알랑만큼 생생하게 기억하지 못했다(그가 수리공 바로 옆에 있었기 때문에 그의 반응을 더 잘 볼 수 있었을 것이다). 무릎 위에 불편하게 앉아 있는 내 자세를 걱정했던 것은 에르베였다. 그는 내게 괜찮은지 물었고, 나는 놀란 수리공을 보며 그에 맞는 적절한 톤으로 "자기야, 딱 좋아"라고 대답했다. 로마에서 알랑과 다니엘도 에르베와 내가 연인 사이라고 생각했을 테지만 그건 사실이 아니었다.

알랑은 본인의 작업 외에도 사진과 영화를 가르쳤는데, 그의 제자였던 한 기숙생 앞에서 에르베와 내가 로마에서 처음으로 다투게 됐다. 내가 기숙사에 들어오고(그리고 그들이 오고) 몇 주 후, 우리는 그 청년과 그의 여자 친구와 저녁을 먹으러 갔다. 그들은 우리보다 더 어렸고 차를 가지고 있었다. 사건의 발단은 로마에서 그것도 빌라에서 멀리 떨어진 곳에서 우리가 말했던, 에르베가 최고로 뽑는 식당을 찾으러 가면서였다. 에르베를 제외하고는 아무도 그 도시를 잘 알지 못했고, 그래서 그가 운전자를 안내했지만 결국 식당을 찾지 못했다. 아마도 이름만 같은 다른 길에 있던 게 아니었을까. 하여튼 우리는 그곳으로 가는 도중에 길을 잃었고, 나는 참을성과 조심성(나는 멀리 가는 게 싫었고 내 힘으로 집에 돌아가고 싶었다. 우리에게 이미 익숙한 곳이 있는데 무엇 때문에 그 모든 새로움에 동반되는 끔찍함을 견디면서까지 시도해야 하는 것인가?)을 잃은 채로 나의 탁월한 비꼬기 능력을 발휘해 에르베가 폭발할 때까지 잔소리를 해댔다. 사실 그 싸움이 어떻게 끝났는지 잘 기억나지 않는다. 다음 날이 되자 다툼은 이미 지나간 이야기가 됐고, 어느 저녁의 동반자들에게, 괜히 불똥이 튈 수 있으니 상관하지 말고 자기들끼리 두는 게 좋을 커플의 이미지를 심어줬다고 생각하니 그 모험이 오히려 즐겁게 느껴졌다. 어쨌든 우리는 마치 그들이 우리 다툼의 피해자라도 된 것처럼 다시는 그들과 함께 저녁을 먹지 않았다.

그토록 자주 점심을 먹고 간식을 먹고 저녁을 먹었는데 어떻게 탈이 날 때가 없었겠는가? 우리는 하루에도 스무 번 이상 인터폰으로 서로에게 연락했고 때로는 서로를 견디지 못했다.

그렇지만 '통조림'은 아무리 먹어도 소용없었다. 에르베는 말라갔고, 해가 지날수록 눈에 띄게 수척해졌다. 그와 내가 숙소를 함께 썼을 때 그의 치료법 중 하나가 유제품은 아니지만 그와 비슷한 약(하얀색이고 언뜻 보면 농도가 비슷했다)을 복용하는 것이었는데 색이 들어간 포장이 없는 통조림 같은 용기에 담겨 있었다. 나는 에르베가 식욕 없이 오직 의지만으로 하루에 두 번씩 그것을 삼켰다고 생각한다, 내 눈에는 고역처럼 보였으니까. 알약이었다면 숨어서 복용했겠지만 그 약은 그럴 수 없었다. 나는 그 약을 '통조림'이라고 불렀는데, 그렇게 해야 부연 설명 없이 말할 수 있었기 때문이다. 나는 그가 그것을 삼켜야만 한다는 것을 알게 되면서 그 약에 대해 충분히 알게 됐다. '통조림'에는 그것의 실재적·상징적 무게와 상관없이 어떤 가벼움이 있었고, 그래서 약을 깜빡 잊었을 때는 〈가스통 라가페〉* 에서 "계약서, 계약서"를 발음하는 어조로 "통조림, 통조림"이라고 말할 수도 있었다.

내게는 가벼움이 필요했다. 나는 자주 가벼웠지만 그렇다고 비극적인 일을 피할 수 있었던 것은 아니다, 어쨌든 마주할 수밖에 없는 일이 있으니까. 내 생각에는 내가 그랬던 것처럼 에르베에게도 로마와 그의 죽음이 가깝게 연결되어 있었던 것 같다. 그는 HIV 보균자라는 사실을 알기 직전에 빌라에 왔고, 1년 후 내가 왔을 때 병은 이미 진행 중이었다. 나는 그를

* 벨기에 만화 영화. 게으른 회사원인 가스통의 일상을 다뤘다.

그토록 자주 봤지만(로마에서 살던 시절에는 파리에 갔을 때도 거의 늘 함께 식사를 했다) 오히려 그래서 나보다 그와 덜 가까웠던 사람들보다 그의 병세를 빨리 알아채지 못했다. 빌라를 떠나기 몇 주 전에 친했던 빌라의 관리인이 자애로운 동정심을 발휘하여 사진으로만 봤던 아름다운 에르베의 지난 시절을 떠올리면서 그가 얼마나 망가졌는지, 그의 얼굴이 얼마나 상했는지를 말했을 때는 분노가 치밀어 오르는 것을 느꼈다. 내게 에르베는 늘 아름다웠고, 그의 아름다움은 전혀 훼손되지 않았었으니까. 나는 그와 너무 많은 시간을 보냈고, 함께 말하고 웃으며 잘 지냈기 때문에 그의 망가진 모습을 보지 못했던 것이다. 어쩌면 그가 얼마나 죽음 가까이에 놓여 있었는지 깨닫지 못했을 때가 더 나았던 것 같다. 내게 너무 익숙했던 그의 힘은 생각할 것도 없이 그의 일부였고, 나는《잃어버린 시간을 찾아서》에서 스완을 대하는 게르망트 부인처럼 내 주장을 고집했다. 마음속으로는 그가 우리 모두의 장례를 치를 때까지 살아 있으리라고 믿었고, 누군가 내 말에 반박하는 게 싫었다.

단어들, 문학은 곧바로 우리를 결속시켰다. 보지라 거리에서 처음으로 에르베에게 말을 걸었던 날, 나는 그에게 내가 담당하던 미뉘 출판사의 정기간행물에 실을 원고를 청탁했다. 그는 많은 글을 기고했고, 그 잡지에 그보다 더 크게 기여한 사람은 없었다. 그는 내가 자신의 원고를 읽어주길 바랐고, 나는 교정을 제안했다. 나는 스스로 그 주제에 경쟁력이 있다고 생각했고 그래서 자발적으로 했지만, 내가 제안하는 것에 자만하진 않았다. 나는 내가 생각했던 것을 표현했고, 그것을 받아들이는 일은 그의 몫이었다.

나는 1986년에 쓴 나의 소설《용감한 짐의 책Le Livre de Jim-Courage》을 통해 베르나르도를 만나게 됐다. 그는 그 소설을 마음에 들어 했고, 그 책과 또 다른 책으로 우리의 만남이 계속 이어졌다. 나는 그날 이후로 문학이 없었더라면 나의 정서는 완전히 달랐으리라 생각한다. 문학은 내게 상업적 성공이 그리 중요한 기준이 아니었던 과거의 시간에 머무를 수 있게 도와준다. 이 책에는 이런 독자가 있고, 다른 책에는 다른 독자가 있으며, 많은 독자는 아니지만 내 인생에 그들을 제외한 수만 명의 독자를 가진 것보다 그런 이들이 있어서 천배는 더 행복하다고 생각하기 때문이다(《용감한 짐의 책》은 첫 번째 독자였던 에르베를 제외하고 20년 동안 세 명의 소중한 독자를 만났다). 나는 10년 전으로 거슬러 올라가기 위해 이 문단을 써야 했다. 그러니까 1978년 이후로 그리고 에르베를 만난 이후로 문학은 내 정서를 풍요롭게 한다.

에르베는 더 용감하게, 개별적인 독자들을 배제하지 않고 대중적인 성공을 추구했는데, 그것은 그가 빠른 속도로 시간에 기댈 수 없는 상태가 되었기 때문이기도 하다.《내 삶을 구하지 못한 친구에게À l'ami qui ne m'a pas sauvé la vie》가 메디치 상을 받지 못하고 갈리마르에서 나온 다른 책이 수상했을 때, 그는 그것을 악의적이라고 받아들였다. 그러나 나는 그 일이 있기 몇 달 전, 그가 우리 집에 사는 것을 알고 있던 출판사 홍보 담당자가 로마로 연락해 편집자가 에르베의 책이 베스트셀러 순위에 올랐다는 것을 몇 시에 전화를 걸어 에르베에게 말할 것이라고 했던 날을 기억한다. 시간이 됐고 전화가 울리자 나는 바쁘다는 핑계로 에르베가 전화를 받게 했다. 그의 기쁨을 보는 것이 내 기쁨이었으니까. 갈리마르는 그 책을 "에이즈 문학의 첫 번째 승리"라는 문구로 광고를 했고, 에르베와는 달리 나는 그 슬로건이 불편했다. 그는 평소에 그랬듯이 용감하게 운명을 받아들였지만, 내가 바라던 것은 그의 병이 사라지는 것이지 그가 사라지는 것은 아니었다. 문학은 그에게 죽음 뒤에 영광을 줬지만, 나는 그가 살아 있기를 더 바랐던 것이다.

에르베가 우리 집에서 살았던 그해에 그와의 연애를 원하는 또 하나의 독자가 로마까지 찾아왔다. 로드리그는 갓 스무 살을 넘긴 어린 청년이었다. 그는 비행기를 타고 파리에서 왔고, 매 순간 에르베를 향한 사랑이 폭발했으며, 혼자인 사람이 연인들을 보면 짜증이 나듯이 그도 내 짜증을 돋웠다. 에르베가 그를 내 집으로 불러들여서 내가 갈 곳이 없어지는 일만 아니었어도 내가 이 일의 이해관계자가 되지는 않았을 것이다. 에르베는 열정적으로 보이는 그 남자가 자신을 만지는 것을 좋아했고, 나는 그 애정과 욕망이 우습다고 생각했다, 분명 질투도 있었을 것이다, 우리는 늘 누군가가 열정 넘치는 사랑을 받으면 조금은 질투하기 마련이니까. 게다가 나는 에르베와 단둘이가 아니라 로드리그와 함께 밥을 먹어야 했고, 우리의 저녁 식사가 다시 즐거운 일이 되었을 때도 마찬가지였으며, 내 2인용 침대에서 내려와 아래층의 작은 침대로 가야만 했다(아니면 내가 그들을 거기에 처박아뒀던 것일까?). 나는 로드리그가 파리로 다시 떠나자 안도했고, 에르베는 내가 기분이 좋지 않았던 것을 두고 놀렸다. 그가 세상을 떠난 후에, 어느 날 로드리그로부터 전시회 초대장을 받았다. 나는 브라질에 있지만 않았어도 기꺼이 그곳에 달려갔겠지만 결국 가지 못했고, 돌아와서도 마치 전시가 베르니사주(전시 리셉션)와 동시에 끝나기라도 했다는 듯이 가볼 생각을 하지 못했다(어쩌면 전시 기간이 짧아서 이미 끝났을 수도 있다). 그러나 지금은 그 인연의 끈을 놓아버린 것을 후회한다. 이제 그는 내게 잃어버린 명함을 찾아야지만 성이 생각나는 사람이 되었지만, 로드리그와 에르베리노와 함께 한 로마에서의 모험은 기억하고 있다.

베르나르도가 로마에 나를 보러 왔을 때, 그는 나를 통해 이미 에르베를 알고 있었다. 그때 에르베는 아직 기숙생이었고 에이즈에 걸렸으며, 빌라의 모든 이들과 새로운 독자를 만나게 해줄《내 삶을 구하지 못한 친구에게》는 아직 발표하지 않은 상태였다. 어느 날 저녁을 먹으러 나갔는데 에르베가 우리에게 전날에 내가 함께 가길 거절했었던(알랑의 제자와 함께 갔던 식당처럼, 말이 통하지 않는 나라에서 내 마음대로 집에 돌아올 수 없는, 알지도 못하는 곳에 있고 싶지 않았다) 클럽에 갔었고, 남자애를 데려와 하룻밤을 보냈다는 이야기를 들려줬다. 베르나르도는 아무 말도 하지 않았지만 그의 시선이 너무 따가웠고, 에르베는 자신이 누군가를 감염시킬 수도 있는 위험한 짓을 하는 게 아무렇지도 않다는 듯이 말하는 것에 베르나르도가 화가 났다는 사실을 눈치챘지만, 나는 의심조차 하지 못했다. 그 당시 티브이만 틀면 나오는 벼룩과 바퀴벌레 퇴치 약품 광고가 있었는데, 기생충 또는 무엇인지 모르는 끔찍한 적들의 처참한 운명을 애니메이션으로 유머러스하게 표현하며 약품의 효능을 자랑하는 광고였다. 거기서 박살이 난 적은 목숨이 완전히 끊기기 전에 코믹한 목소리로 "살인자! 살인자!"라고 비명을 지르며 죽는데, 에르베가 필수 예방조치를 확실히 했다는 사실을 알게 된 이후로 그 광고를 따라 하는 것이 베르나르도와 나 사이의 농담이 됐다.

에르베는 빌라에서 체류하는 동안 엄청난 슬럼프(그 이상이었다!)를 겪으면서도 두 권의 책을 쓰고 출간했다. 《익명L'Incognito》은 아카데미(흔히 빌라라고 말하지만 정식 명칭은 로마에 있는 프랑스 아카데미, 아케데미아 디 프란치아다)에 입주한 일과 첫해에 겪었던 일을 다루고 있다. 그 책은 그가 쓴 작품 중 가장 노골적으로 웃긴 소설로, 나는 기숙생이 아니라 그를 찾아온 주변 인물로만 등장하지만 우리가 얼마나 바보 같은 짓을 할 수 있었는지를 보여준다. 에르베는 집필하는 동안 내가 그 원고를 좋아할 것이라고 나를 안심시켰다. 그러나 막상 그가 원고를 읽어보라고 줬을 때는 실망하고 말았다. 기대가 너무 컸으니 어쩌면 당연한 결과였을 것이다. 그러나 그도 나도 그 실망을 대수롭지 않게 표현했다. 나는 그에게 마음에 들지 않는 몇 부분을 충분히 설득력 있게 설명했고, 그가 떠나고 몇 년이 지난 후에 그 책을 다시 읽었을 때 그 부분들이 삭제되었다는 것을 확인할 수 있었다.

사실 《익명》의 토대는 악의를 명백하게 보여주는 것이었기 때문에 그 이야기를 지인들로만 한정하고 감상적으로 남겨두는 것이 아쉽다고 생각했다. 그러나 그것은 그의 익숙한 전략이기도 했다, 왜냐하면 그에게는 그런 악의가 없었으니까. 그의 악의는 그것을 감당할 수 있는 사람들에게만 정당하게 행해졌다.

예를 들면 이렇다. 그가 자신에게 반해서 내가 없었던 해에 로마까지 찾아온 나의 어린 시절 친구에 대해 말한 적이 있었다. 그는 내게 그 친구가 그의 애인('그의 진정한 애인.' 우리가 연인일 수 있다는 오해를 멈출 수 있게 이런 표현을 써도 될까) 티에리의 친절함을 이용해 에르베가 나서서 상황을 정리할 때까지 티에라에게 얼마나 행패를 부렸는지 이야기해준 적이 있었다. 그러나 정작 에르베가 내게 건네준 티에리와 함께 한 여행에 대해 쓴 글에는 내 어릴 적 친구에 대한 언급은 단 한 마디도 없었다. 나는 몇몇 페이지에서는 그 친구가 등장해 에르베가 내게 들려줬던 모든 사건이 나올까 봐 두려웠다고 말했고, 그러자 에르베는 그 부재를 이렇게 설명했다. "내가 티에리에 대해 어떻게 썼는지 봤잖아? 그 사람에 대해 할 말은 조금도 남아 있지 않지." 사람은 각자 저항하는 방식과 능력이 다르며, 가진 애정과 사랑도 다르다. 공격은 관계와 그것의 무한한 견고함을 시험하는 일이고, 관계를 시험할 필요가 없을 때 폭력은 불필요한 것이 된다. 그 친구는 《두 아이와 함께 한 여행Voyage avec deux enfants》에서 에르베를 울렸던, "기대하지 않았던 편지"를 쓴 사람이다.

에르베는 그의 이름을 원고에 언급했지만, 내 아버지가 일곱 살 때부터 알고 지내왔던 그 친구를 생각해서 이름을 빼는 게 좋겠다고 제안했고, 에르베도 받아들였지만, 지금 나는 그 친구가 이니셜이 아니라 다른 방식으로 등장했더라면 더 좋아했을 것이며, 어떤 순간에도 자신을 향한 악의는 전혀 없다고 믿을 것이며, 오히려 책에 등장하는 기쁨을 빼앗겼다고 생각할 것이라 확신한다.

1988년 크리스마스에는 파리로 함께 돌아오지 않았던 것 같다. 우리가 알고 지낸 이후로 소위 축제라고 일컬어지는 날에 서로를 떠났던 적이 거의 없었는데 말이다. 우리는 다소 외로운 동성애자의 삶을 살았고, 그래서 늘 단둘이 크리스마스를 보냈다. 보통 24일 저녁에는 함께 식사를 했는데, 에르베는 문을 연 식당 중에 자신의 취향에 맞는 곳을 잘 찾아내곤 했다. 31일에는 그는 늘 누군가에게 초대를 받았고, 나는 절대 그런 일이 없어서 그가 나를 데리고 다녔다. 예를 들자면 티에리 집이나 크리스틴의 집으로. 그러니 1988년에는 에르베 없이 나 혼자 보내야 했던 것이다. 내가 날짜를 착각한 것이 아니라면, 그는 로마에 남아서《내 삶을 구하지 못한 친구에게》를 쓰고 있었다. 토마스 베른하르트의 작품에 매료되어 그에 대한 글을 쓰고 싶었던 나는 그의 모든 번역서를 가지고 빌라에 돌아왔고, 에르베를 설득해 그 책을 읽게 했다. 나는 그가 내 집을 마치 도서관처럼 여기며 책을 빌려갔다가 다 읽은 후에는 또 다른 책을 찾으러 오는 것이 기뻤다. 토마스 베른하르트가《내 삶을 구하지 못한 친구에게》 집필에 제 역할을 톡톡히 한 것은 분명했지만, 에르베가 내게 그 원고를 건네주기 전까지는 미셸, 그러니까 미셸 푸코가 그토록 중요한 역할을 했을 줄은 몰랐다. 우리는 그를 미셸이라고 불렀지만 그건 에르베리노와는 달랐다. 에르베는 떠났고, 미셸이라는 이름으로 불리기를 고집하는 사람들 외에도 내게는 아직 보지라 길을 잘 아는 친구들이 많아서 언제든지 그의 이름을 부를 수 있으니까. 미셸은《내 삶을 구하지 못한 친구에게》에 뮈질로 등장했다. 에르베는 내가 좋아할 것이라고 확신하며 열정적으로《익명》을 권했던 것과는 다르게 미셸에 대해 자유롭게 이야기한 것 때문에, 그것이 지극히 내밀한 이야기라서가 아니라 그저 그에 대한 이야기를 했기 때문에 그 책을 걱정했고, 실제보다 대화할 때 더 엄격했던 나의 검열을 두려워했다. 그러나 그 두 경우 모두 그의 착각이었다. 우리의 관계에 있어서 중요했던, 죽어서도 살아 있는 미셸을 부활시킨(그리고 다시 죽인) 그는 그 어느 때보다 에르베리노였다.

《익명》이 출간되자마자 빌라의 모든 사람이 그 책을 읽었다. 에르베의 병이 행간에 드러나 있기도 했지만, 표면상으로는 빌라를 다루고 있었기 때문이었다. 그 당시 에르베는 기숙생이 아니었기 때문에 아무도 그에게 압력을 행사할 수 없었지만, 그는 여전히 내 집에 살며 그곳에 존재하고 있었다. 빌라의 행정부가 복수하려는 대상이 나라고 상상하며 즐겼던 나는 속편이 나올 것이라는 소문을 내면서 그들이 조심하길 바랐는데, 이유가 어떻든 간에 결국 그렇게 됐다. 얼마 되지 않아《내 삶을 구하지 못한 친구에게》가 나왔던 것이다. 내가《사랑한다는 것의 의미Ce qu'aimer veut dire》에서 이야기했던 것처럼 편집 과정에서 우여곡절 끝에 책이 나왔고, 출간되자마자 〈리베라시옹〉에 세 페이지 분량의 기사가 실렸으며, 그 결과 하루아침에 에르베의 병이 만천하에 공개되고 말았다.

우리가 빌라에 다시 왔을 때 에르베를 향한 모두의 태도가 달라졌다.《익명》이 원망을 불러 일으켰다면,《내 삶을 구하지 못한 친구에게》에서는 더 이상 그런 문제는 없었다. 에르베는 기숙생이었던 시절에 그랬던 것처럼 다른 기숙생들과 깊은 관계를 맺지는 않았지만, 내가 2학년 때 만났던 몇몇 동기들은 예외였다(그들은 내가 평가하기로는 수준이 높았다). 그는 에릭의 작업에 매우 흥미를 느껴서 사진 한 장을 샀고, 드니의 작업에도 흥미를 보였는데 그가 작업한 초상화가《빨간 모자를 쓴 남자 L'Homme au chapeau rouge》의 표지가 되었다. 내가 자비에와 애정으로 엮였던 것처럼 그는 화가 피에르의 아름다움에 매료됐고, 마리와 장이브는 말할 것도 없었다, 나만큼은 아니지만 에르베도 그들이 로마에 오기 전부터 그들의 책에 대해 알고 있었다. 모두 에르베가 어떤 동정도 받지 않도록 충분히 조심했고, 그는 아무 일도 없었던 것처럼 행동했다. 사실 책의 출간으로 그에게 일어난 변화는 아무것도 없었다, 그의 건강 상태가 마법처럼 변하는 일도 없었다. 장이브가 내게 이런 말을 했던 것을 기억한다. "네가 왜 그렇게 친절했는지('주의 깊었는지'라고 말했는지 혹은 '자상했는지'라고 했는지 기억이 나지 않지만) 이해되네." 나는 그 말이(30년이 지나서 떠올려보니) 아주 친절하고 주의 깊고 자상했다고 생각한다, 내가 가졌던 감정은 그런 게 아니었으니까.

《내 삶을 구하지 못한 친구에게》처럼 《익명》도 수준 높은 독자들에게 상처를 줬다. 에르베가 기숙생이었던 첫해에 함께 기숙사 생활을 했고, 특별히 아꼈던 기숙생 피에르는《익명》의 감성적인 면에 감동했지만, 미셸의 친구였던 다니엘은《내 삶을 구하지 못한 친구에게》를 읽고 그를 향했던 신랄한 비판 그 이상으로 상처받았다. 어느 날 에르베는 내게 피에르에게 더 호의적으로 피에르와 다니엘의 반응을 비교해 이야기했다. 나는 웃었지만 사람들에게 상처를 주고 그들의 상처와 각자 그 상처에 응답하는 방식에 대해 판단하는 것이 과하다고 생각했다. 내게는 무례하게 느껴졌다. 그 당시 나는 무엇보다 그런 식의 문제를 마주하지 않아도 되는, 순수한 상상을 바탕으로 하는 소설을 쓰고 있었다. 그런데 그랬던 내가 오늘날 그 문제를 마주하게 된 것이다. 내가 어떤 문장이나 페이지에 상처받을 것이라고 생각했던 사람들은 관계의 본질을 바꿔야 할 정도는 아니라고 여겼고, 또 어떤 사람들은 생각지도 못했는데 화를 내기도 했으며, 때로는 화를 낸 이유가 여전히 미스터리로 남아 있기도 하다. 나는 그들이 자신들이 더 신중하다는 것을 증명이라도 하는 듯 구체적으로 설명하지 않는다고 생각했다. 나는 우리가 어떤 일들을 서로 분명하게 말했더라면, 이유가 별거 아니라는 게 밝혀지거나 내가 그것에 대해 어렵지 않게 답변을 줄 수 있었으리라 생각한다. 다른 말로 하자면 정작 놀림을 받아야 할 사람은 나인데 내가 에르베를 비웃었던 것이다. 지금 생각해보면 다니엘이 에르베의 책에서 수용하기 어려웠던 부분은 자신의 이야기가 아니라 미셸의 이야기였던 것 같다. 모두가 그 책이 미셸 푸코에 대해 말한다는 것을 알고 있었고, 제목 역시 《내 삶을 구하지 못한 친구에게》라서 그 책을 읽지 않은 사람들은 사실과는 전혀 다르게 그 무능한 친구가 미셸 푸코라고 상상했던 것이다. 그러나 자신의 책을 읽는 독자를 책임지는 것도 어려운 작가에게 독자가 아닌 사람들의 의견까지 책임지라고 하는 것은 너무 가혹한 일이다. 그러나 한편으로는 그런 점이 작가의 무언가를 말해주기도 한다. 때로는 읽지 않는 것만으로는 충분하지 않다는 것, 읽지 않아도 그들이 우리를 사로잡을 수 있다는 것 말이다.

나는 에르베만큼 글을 열심히 쓰지는 않았다. 그가 기숙사에 살지 못하게 된 이후로 우리가 같은 숙소를 함께 썼을 때 나는 위층의 책상을, 그는 아래층의 작은 테이블을 썼는데 원래는 잠을 자던 곳을 그가 작업대로 바꿔놓은 것이다. 그는 멈추지 않고 글을 썼다. 예를 들어 《신선한 살La Chair fraîche》에서는 한 신부의 입에서 나온 '양아치racaille'라는 말이 매우 중요했는데, 에르베는 그 드문 말에 매료되었으나 그것의 사전학적 운명을 알지 못한 채로 떠났다.* 나는 아무것도 쓰지 않았다. 에르베가 오래전에 우리가 로마에서 함께 지냈던 시간들에 대해 쓴 책이 있는데, 그 책에서만큼은 나는 계속 글을 쓰고 그는 쓰지 못한다. 그는 그 이유가 내가 마약을 했기 때문이라고 썼지만, 나는 내가 마약을 했었는지 아닌지 기억나지 않는다. 그것은 우리의 '프라이빗 조크'였기 때문에 지금으로서는 분간하기 어렵다. 그러니까 그는 진실에 반대되는 글을 썼고, 다시 말해 내가 마약을 하면 마약을 끊었다고, 내가 마약을 끊으면 한다고 썼던 것이다. 그러나 실제로 그때만큼은 내가 엄청나게 많은 글을 썼었던 것 같다. 어쨌든 빌라에서 보낸 마지막 몇 달 동안에 그는 글쓰기를 멈추지 않았고, 나는 시작도 하지 못했다.

빌라에 왔을 때는 집필 계획이 있었다. 선발시험을 보는 동안 서류 전형을 통과하기에 적합하다고 믿었던 그 주제는 아니었지만, 어쨌든 그걸 해냈다면 무척 만족했을 것이다. 그러나 나는 그럴 생각이 없었다, 그건 내 능력 밖의 일이었으니까(나는 심사위원들 앞에서 발표를 마치고 "오만한 계획"이라고 말한 후에 "그렇지만 해낼 수 없을 것이다"라는 말을 덧붙였다. 그 오만을 유쾌하게 완화시키려 했던 것이다. 나중에 내가 나가자마자 교장이 내 발표를 듣고 "저보다 더 천박할 수는 없을 것 같군"이라고 말했다는 사실을 알게 됐다. 모든 게 내 손가락 사이로 빠져나갔다. 책상에 앉아서 강렬한 의지를 증명해도, 책에 대한 아이디어가 떠올라도, 몇 년이 지난 후에야

* 프랑스 23대 대통령이었던 니콜라 사르코지가 이 표현을 자주 쓰면서 흔한 말이 됐다.

전혀 다른 방식으로 해낼 수 있었다. 내 야망은 그저 테니스 경기 한 판을 이야기하는 것이었는데). 전날에 썼던 글에 다음 날 흥미를 느끼는 것, 아침에 썼던 글에 오후에 다시 흥미를 느끼는 것조차도 내 능력 밖의 일이었다. 몇 달이 지난 끝에 나는 포기했다. 자격지심보다 더한 무언가가 있었다. 그러니까 장학금을 훔친다는 느낌은 아니었다, 선발시험에 통과했다고 해도 무언가를 해야 한다는 의무가 있었던 것은 아니니까. 그것은 한없이 깊은 허무였다. 나는 글 쓰는 일을 제외하고는 아무것도 할 게 없었던 로마에 있었고, 글쓰기는 내가 할 수 있는 마지막 일이었으니 말이다. 내가 2학년 때, 기관의 정기간행물을 만드는 기숙생들이 지난 2년 동안 머물렀던 모든 기숙생에게 정기간행물에 참여할 것을 요구했다. 에르베는 자기 얼굴을 늑대로 표현한 자화상을 제출했다. 나는 "세기의 걸작(작업 중)"이라는 이름을 붙여 내가 그곳에서 머무는 동안에 유일하게 썼던 몇 줄의 글을 제출했는데 첫 줄에 "이곳은 작업하는 데 이상적인 조건을 갖춘 곳이라고 합니다. 그렇다면 이상적인 조건은 과연 이상적일까요? 왜냐하면 나는 작업이 잘 안 되거든요"라고 적었다.

에르베는 내게 그 글을 제출한 것은 비겁하다고 말했다(나는 그의 관점을 이해했지만 내가 글을 쓸 수 없다는 사실을 써서 속이 시원했다). 왜냐하면 우리는 몇 달 동안 함께해온 즐거운 장난의 문학적 돌파구를 찾고 있었고, 그는 내가 그 기괴한 작품 중 최고를 발표해 기관의 명예를 조금이라도 훼손하는 데 그 잡지를 이용할 수도 있었다고 생각했기 때문이다. 지금 나는 무엇보다 그렇게 하지 않은 것을 후회한다. 문제의 그 텍스트를 잃어버렸고, 기억나는 것은 몇 개가 전부인데 그것들이 제일 좋은 작품들, 말하자면 우리가 가장 즐겼던 작품들은 아니기 때문이다. 그러니까 그것은 우리가 몇몇 식당까지 가는 길에 활력을 줬던 놀이로 가장 우습고 유치한 '시적 작품'을 만드는 일이었다(내게는 이것과 비슷하지만 덜 우스꽝스러운 방식으로 에르베가 그린 자화상이 있다. 그가 화가 자격으로 3학년에 지원하려고 그렸던 것으로 "나의 루벤스적 그래픽에 용기를 심어준 마티외에게"라고 서명되어 있는데, 어쨌든 시보다는 수준이 더 높은 작품이었다). 우리가 전제했던 것을 요약해보면, 비록 형편없을지라도 운율이 전부여야 하고, 말하자면 '시란 매우 아름다운 것'이어야 했다. 나는 우리가 함께 완성했던 몇 작품을 예로 언급한다고 해서 에르베의 문학적 명성을 해친다고는 생각하지 않는다. 그 작업에 있어서 그는 그저 협업자일 뿐이었으니(유익하고 열정적인) 책임이 없었고, 내 역할이 지배적이긴 했으나 이런 주장 역시 허세라 비난할 수는 없을 테니까. 우리가 정한 제목은 "시 모음"이었다. 그중에 이 제목을 잘 설명해주는 첫 번째 시를 이런 식으로 예술적 야망을 동반할 수밖에 없는 줄 바꿈으로 재현해보겠다.

성공한

시

모인

시

Poésie

Réussie

Poésie

Réunie

또 다른 시 한 편은 명구에서 그만의 자리를 찾았다.

걸작

전채 요리로

Un chef-d'oeuvre

En hors-d'oeuvre

빌라는 핀치오 언덕 꼭대기에 있어서, 식사를 하려면(우리가 발랑셀로 갔을 때 간식을 먹던 것을 제외하고) 경사지를 여러 번 오르내려야 했다. 나는 어릴 때부터 그랬던 것처럼 다친 척을 하면서 다리가 뻣뻣해져서 더는 걸을 수 없다는 듯이 절뚝거리는 장난을 치고는 했는데, 어느 날 에르베가 그 익숙한 장난을 우리만의 새로운 시적 표현으로 해석했다. 그는 이렇게 시작했다. "무릎뼈가 덜컥하면," 그리고 내가 그걸 받아서 이렇게 결말을 지었다. "다리를 절뚝절뚝." 우리는 운율이 풍부하고 상황에 잘 맞아떨어지는 이 작품에 즐거워했다. 내가 판단을 보류했던 것과 달리, 한스 조르주가 무척 좋아했던 《익명》에도 전혀 상반되는 일화가 있었다.

우리는 다음과 같은 작품을 지었고, 훌륭하다고 생각했다.

종은 댕댕 울리고,

독일인들은 악퉁achtung*하고,

에르베는 한스가 좋아할 것이라고 확신하며 이 시를 그에게 들려줬지만 정작 한스는 떨떠름해 했고, 에르베는 그의 반응을 유감스럽게 생각했다. 그는 한스의 반응이 문학적으로 실망한 것이라고는 받아들이고 싶지 않아서 심리적인 것이라고 생각했고 한스 조르주의 정체성이 상처받은 것으로 해석했는데, 나 역시 그의 말에 동의했다.

풍부한 운율을 보여주기 위해서는 이 시들을 인용하지 않을 수 없다.

앙제르에는

탕헤르처럼

마실 것과 먹을 것이 있다.

À Angers

Comme à Tanger

Il y a à boire et à manger

* 조심하라는 뜻의 독일어.

혹은,

이 궁전은

네팔 궁전,

보기 싫지 않다.

Ce palais

Népalais

N'est pas laid

이전에 말했듯이 에르베는 라 피아체테리아의 두 종업원 중 덜 잘생긴 사람에게 환상을 품었던 적이 있었고, 그를 "소 치는 소년"이라 불렀는데, 이 시에 대해 말하지 않고 지나가는 것은 거의 범죄를 저지르는 것이나 다름없을 것이다.

나는 소 치는 소년에게

채찍질 당하길 원하네.

J'aimerais me faire cravacher

Par le garçon-vacher

이 원고를 몇 번이나 다시 읽기 전에 우연히 봉투 하나를 발견했다. 그 안에는 한때 내가 시를 모아두었던 노트에서 몇 장 찢어낸 종이가 들어 있었는데, 일상만이 아니라 인간 고유의 전반적인 활동에 관한 것을 다룬 시들이 적혀 있었다.

카람바*

누가 내 장바구니를 훔쳐 갔다.

Caramba

On m'a volé mon cabas

직업에 관한 시.

재무부 팀장은

소화불량에 걸렸다.

Le chef du service Gestion

A eu une indigestion

정치에 관한 시(1980년대 말이었다).

아야툴라**에 맞서

나는 이곳에 있다.

Contre cet ayatollah-là

Je suis là

이 유쾌한 장난은 첫 만남 이후로 우리를 금세 가깝게 이어

* 스페인어로 '죽어'라는 뜻.

** 시아파에서 고위성직자에게 수여하는 칭호.

줬고(에르베도 그가 내게 처음으로 준 저자 사인본에 이 사실을 언급했다), 로마에서 지내는 몇 년 동안 우리가 처한 상황에도 불구하고 우리는 그 장난을 계속했다. 에르베는《익명》에 그 일화들을 부분적으로 넣었고, 그의 확신이 틀렸던 그 사건 역시 나의 동의를 받아 이야기했다.

내가 2학년 때 전혀 다른 부류의 기숙생이 왔다. 모두에게 빌라는 경제적으로 행운이었는데(장학금이 꽤 많았다고 해도 같은 또래인 국립행정학교 출신 공무원이 행정부에서 경력을 쌓으면서 받는 월급과는 비교가 되지 않았다) 부자 동네 출신인 이 건축가는 이곳에 오기 위해 경제적인 대가를 치러야 했다고 설명했다. 그에게 빌라는 나중에 설계 비용을 더 올려 받기 위한 투자였지만, 당장은 집에서 놀게 되었던 것이다. 어느 날 금세 친구가 된 자비에와 함께 광장을 걷다가 그와 마주쳤던 일이 생각난다. 자비에는 내가 빌라에 있는 동안 겨우 6개월 정도 그곳에 있었는데 그 역시 다른 의미로 전형적인 여느 기숙생들과는 달랐다. 그는 일단 젊고 아름다웠고(나보다 10년은 더 어렸다), 무엇보다 상황이 그를 모든 예술적 우발 사태에서 벗어나 그곳의 생활을 즐길 수 있게 해줬다. 그는 시나리오 작가로 합격했는데 그 사이에 시나리오를 써놓았을 뿐 아니라 로마에서 영화를 제작하지 않으리라는 게 분명했기 때문에 나와 같은 고민 없이 여자들을 유혹하러 다니거나 양심에 거리낌 없이 퇴폐적 장소들을 돌아다니는 것밖에 할 일이 없었다. 무슨 착오가 있었는지 기억나지 않지만 어쩌다 그가 공공 기금을 책임지게 됐다. 그는 우아했지만 줄곧 옷차림이 단정치 않아서 그가 건축가에게 다가가 더할 나위 없이 품위 있게, 기숙생들끼리 그렇듯 반말로 "너 아직 돈 안 냈어"라고 건축가를 붙들고 있는 모습을 보자니 마치 노숙자가 트로카데로의 기품 있는 아름다운 화단 앞에서 부자연스러운 커플에게 당연한 권리를 요구하듯 "내 돈 언제 갚을 거예요?"라고 묻는 것 같아서 재미있었다. 건축가는 당황했지만 당연히 빨리 내겠다는 말밖에 할 말이 없었고, 이곳에 온 이후로 그에게 어떤 적대감도 드러내지 않았고 사람들을 있는 그대로 받아들였던 내 앞에서 돈이 없다는 사실을 들킨 것에 분노했다.

조금 더 자극적인 일화가 있다. 그 기숙생이 《익명》을 읽고, 작가를 꺼리게 될 정도로 책에 대해 충분히 알게 됐을 때, 나를 통해 에르베가 계속 빌라에 머무른다는 사실을 알고 불만을 토로했다. 그는 내가 퍼뜨린 후속 작품에 대한 소문을 진지하게 받아들였고, 에르베를 두고 "만약 그 책에 내 이야기를 쓰면 그 자식의 다리를 부러뜨리라고 시킬 거야"라고 했는데, 그 말이 빌라 전체에 눈 깜짝할 사이에 퍼져버렸다. 모두가 그 내용과 형식에 놀랐다. 사람들은 본능적으로 그에게서 앙시앵레짐(ancien régime, 구체제)적인 면을 느꼈다. 자신이 몸을 낮춰 이 평민을 직접 손대는 일은 없겠지만, 제대로 본보기를 보여주기 위해 수하들을 보내겠다는 말이 아니겠는가. 에르베는 그를 염려하는 것만큼이나 싫어했지만, 나는 아니었다. 그에게는 지나치게 과장된 면이 있었고 나는 바로 그 점에 매료되었다, 사람이 그런 존재가 될 수 있다는 것을 이해할 수 없었으니까.

그의 아내도 비슷했다. 그들은 대자본가를 흉내 내는 커플, 아니 부르주아를 열망하는 커플이었다. 그들에게는 두려움이 일상인 듯했는데, 대자본가라는 게 그런 것이라면 부러울 이유가 없을 것 같았다. 에르베와 나는 스페인 광장의 계단이 너무 길어서 보통 산 세바스티아넬로 계단을 이용해 빌라로 갔고, 그 계단은 가파르지만 더 빠른 길이라서 금세 빌라의 입구로 우리를 안내했다. 그날은 태풍으로 장대 같은 비가 내렸고, 길은 미끄러웠으며 끔찍한 바람이 불었다. 나도 걷는 게 힘들었으니 상태가 많이 악화되었던 에르베는 아예 앞으로 나아가지 못할 정도였다. 그 와중에 우리는 건축가의 부인과 마주쳤다. 그녀는 힘차게 걷고 있었고 그녀가 무슨 말을 했는지 나는 듣지 못했지만, 그녀의 말과 눈빛에 에르베가 내 앞에서 한 번도 입에 올린 적 없었던 말을 내뱉었다. "더러운 년, 천박한 년." 그녀는 대꾸 없이 빠르게 멀어졌고, 우리는 계속해서 앞으로 나아가기 위해 애썼다. 에르베는 힘겹게 걸었다. 나는 혹여 세심한 배려가 그에게 도움이 될까 싶어 나 역시 올라가는 게 힘들다는 것을 넌지시 암시하며 비와 바람에 대해 말했다.

에르베와 로마에서 함께 보낸 2년 동안 나는 처음부터 '그가 죽을 것이다'라는 것을 염두에 두고 있었지만, 그것이 눈앞에 여실히 나타나면 늘 혼란스러웠다. 그러나 나는 장점인 아둔

함을 내세워 결국 걱정같은 것은 하지 않기로 결심했고, 어쩌면 그랬기 때문에 우리가 좋은 시간을 그토록 많이 보냈고, 내가 여전히 즐거울 수 있는 게 아닐까 생각한다. 내가 마지막으로 머물던 해 어느 저녁, 에피시오의 퇴직을 기념하는 파티가 열렸다. 그는 매우 사랑받는 직원이었다. 짧은 기간 동안 사이드를 대신해서 수위실(그 시절에는 코드를 모르는 이들의 출입을 통제하고 기숙생들이 우편물을 가지러 가는 곳이었다)에서 일했는데, 에르베와 나는 모든 면에서 우아했던 사이드를 아주 좋아했고 그를 좋아했던 것이 우리만이 아니었지만, 정작 그가 떠났을 때는 송별회를 했었는지 잘 기억이 나지 않는다.

날씨가 좋아서 실외에서 연회가 열렸다. 파티를 계기로 옛 기숙생들이 모였고, 에르베도 그곳에 나와 함께 있었다. 《내 삶을 구하지 못한 친구에게》가 아직 세상에 나오기 전이었으므로 거기 있던 사람 중에 그의 병을 알고 있었던 것은 우리 둘뿐이었다. 우리는 편하게 바닥에 앉아 먹고 마셨다. 내가 이런저런 일로 서 있는 동안에 에르베는 자리에 앉아 있었는데, 그러다 갑자기 그가 일어나고 싶어 했다. "도와줘." 그는 아무도 듣지 못하는 순간에 내게 말했고, 나는 그에게 손을 뻗어 그가 일어날 수 있게 도와줬다. 그러나 나는 내가 그에게 먼저 제안하지 않았다는 것이, 그가 이제는 자유자재로 몸을 움직일 수 없다는 것을 생각하지 못하고 마치 내가 무언가 모자란 사람처럼, 그러니까 사랑, 우정, 애정, 연대, 아주 최소한의 것도 없는 사람처럼 그에게 먼저 손을 내밀지 않고 그가 이런 부탁을 하게 만든 것이 부끄러웠다. 그는 어떤 원망의 말도 하지 않고 몸을 일으킨 후에 그저 고맙다고 했다. 아마도 그래서 《내 삶을 구하지 못한 친구에게》가 출간된 이후에 장이브가 했던 말이 그때 먼저 내밀지 못했던 손처럼 내 마음을 건드렸던 것 같다. 내 안의 무언가를 치유해주면서 말이다. 그것이 꼭 필요한 일은 아니었지만, 그래도.

나는 에이즈를 에르베에게도, 그의 작업에도 연결 지어 생각해본 적이 없다, 오직 죽음이 전부였다. 그가 예전에 썼던 글들을 주의 깊게 읽고 또 읽어보았는데, 《내 삶을 구하지 못한 친구에게》와 그 이후의 글들로 인해, 그 작품들의 힘과 장점, 그것이 일으키는 특별한 감정들과 상관없이 작가의 정체성이 흔들렸다고 생각하진 않는다. 게다가 그는 과하지 않다, 그는 불평해야 할 이유가 없을 때 불평하다가 정작 불평할 것이 생기고 나면 더는 불평하지 않는 그런 사람이었으니까. 그는 이미 전투에 참여했으니 후회하기에는 너무 늦은 군인처럼, 상관없는 사람들을 귀찮게 하지 않았다. 먹어야 할 약이 있으니 그걸 먹는다, 그게 전부였다, 글을 쓸 때만은 제외하고. 그는 병에 걸린 것처럼 글쓰기를 멈추지 않았다.

빌라에서 보낸 첫해에 있었던 일이다. 어느 날 파리에서 돌아와보니 조각가인 내 이웃의 아내가 정신적으로 위급한 상태라는 게 밝혀졌다. 그녀는 그 전날에 창문으로 아기를 던지려 했다가 아기를 빼앗겼고, 그런 일이 일어나자 기숙생들이 그녀가 그 창문으로 뛰어내리지 못하도록 교대로 지키고 있었던 것이다. 나는 그들의 선한 의도를 존중해 그들이 덜 불편하게 감시할 수 있도록 내 방을 내어주고 에르베의 집에서 자기로 했다. 파리에서 헤로인을 너무 많이 복용했던 나는 중독된 상태에서도 국경을 넘지 못할까 봐 단 1밀리그램도 가져올 수 없었고, 예상보다 더 심각한 금단현상에 시달려야 했다. 나는 한심한 상태로 불면의 밤을 보내게 됐는데, 저녁이 되자 내 상태를 알아챈 에르베가 그에게 효과가 있었던 강력한 진정제 한 판을 내게 다 남겨줬다(나는 아래층의 소파에서 잤고, 그는 복층에서 잤다). 그러나 그 약은 내게 어떤 효과도 없었다. 나는 약을 알사탕처럼 계속 하나씩 털어 넣으면서도 잠을 못 자고 괴로워했다. 에이즈에 걸린 것도 아닌데 아침이 되니 내 꼴이 더 엉망이었다. 부끄러웠다. 에이즈는 운명이고 헤로인 중독은 추문, 죄의식 같았다.

처음부터 우리 사이에는 남자들이 큰 자리를 차지했다. 내가 에르베를 만났을 때 우리는 계속해서 술집에 함께 다녔고, 나는 수줍음을 타는 성격에도 불구하고 만남을 갈구했지만 많은 사람을 만난 것은 아니었다. 반면에 에르베는 누군가에게 관심을 보이는 일이 훨씬 드물었고, 새로운 사람이 접근해도 지속적인 만남 없이 헤어졌다. 환상을 품은 남자애들 역시 처음부터 우리 관계에 큰 부분을 차지했다. 버스 뒤에 붙어 있던 '제르베' 광고를 기억한다. 어린애들이 커다란 아이스크림 앞에 "제르베를 원해"라는 문구와 함께 있었다. 그 광고는 먹고 싶은 것이 아이라는 듯이 남다른 취향을 가진 사람들을 겨냥했고, 우리는 그 "원해"라는 말을 우리만의 슬로건으로 바꿔 사용했다. 그 당시에도 소아성애자들은 요즘만큼이나 심한 지탄을 받았고, 우리는 다행히 그런 취향은 아니었지만, 모호한 말장난을 즐기긴 했다. 에르베는 그의 책《두 아이와 함께 한 여행》에서 그런 모호함을 이어갔고, 나는 두 주인공이 실제로 투표를 할 수 있는 나이인데도 아이로 과장했다는 이유로 그 제목을 비웃었다. 어쨌든 어린 시절과 청소년기가 주요 주제가 되는 일은 중단됐다, 독자들도 알다시피 그 아이 중 한 명이 에르베가 미쳐 있었던, 여러 역경을 겪은 뱅상이었으니까.

로마에 있던 그의 숙소는 하나의 공간에 천장이 높은 복층 구조였고, 에르베는 그 벽에 로마에서 산, 세로로 기다란 그림을 걸었다. 가톨릭 사제를 표현한 그림으로 에르베가 뱅상 형제라 불렀는데 실제 뱅상과 무척 닮았기 때문이었다, 사람 외모를 보는 데 눈썰미가 없던 나도 인정할 정도였으니까. 내가 로마에 있는 동안에는 뱅상을 자주 만나지 못했다(그가 그곳에 왔던 것은 예전이었다). 빌라에서 우리가 함께 지낼 때 그의 존재는 공공의 판타지였다. 뱅상은 에르베의 머리와 몸 밖에서 그 그림으로, 에르베가 내게 알려준, 알랑 수숑이 만들고 프랑수아 아르디가 노래한 샹송 〈그게 나야〉로 존재했다. "나를 사랑하지 않는 그 남자를 사랑하는 건 바로 나야." "그 바보를 마음에 품은 것은 바로 나야." 뱅상은 우리 대화의 주제였다. 내가 에르베의 지인 중 그와 제일 잘 통하는 사람이기도 했고(헤로인으로 가까워졌다), 마조히즘보다는 에르베의 유쾌한 창의력을 부르는 실패의 판타지, 그 초라한 상황을 상상할 수 있는 기회였기 때문이다. 뱅상은 늘 아이와 관련이 있었지만 나이 때문은 아니였다.

내가 빌라를 떠나고 10년 후, 라시드가 빌라에 있을 때 우리는《두 아이와 함께 한 여행》에 등장하는 또 다른 어린아이, 피에르를 그의 여자 친구와 함께 만났다. 그들은 승용차가 있었고, 알랑과 다니엘이 에르베와 나를 위해 그랬던 것처럼 우리를 데리고 호숫가로 소풍을 갔다. 라시드는 손가락 끝을 다쳤고 상처가 감염될까 봐 헤엄을 치려고 하지 않았다. 우리는 상처를 보호할 뭔가를 사려고 약국 앞에서 차를 세웠고, 그는 차에 다시 올라타자마자 새끼손가락을 감싸고 있던 작은 플라스틱 보호대 같은 것을 풀었다. 그는 웃으며 "애들이 쓰는 콘돔 같아"라고 말했고, 나는 여행과 아이가 그토록 무한하게 이어진다는 것과, 뭐라 정의할 수 없다는 것이 좋았다.

에르베가 아직 기숙생이었을 때, 그는 엘바섬에 있었고, 나는 로마에 있었을 때 일이다. 빌라에서 종종 열리는 콘퍼런스에 옛 기숙생의 애인과 참여하게 됐다. 귀한 초대로 그보다 더 훌륭할 수가 없었지만-그래서 둘이서 간 것이다-끔찍하게 지루했다. 그러던 차에 청중 중에 내 스타일인 남자를 발견하게 됐다. 그도 역시 지루했는지 결국 밖으로 나가버렸고, 나는 곧장 그를 따라가서 말을 걸었다. 그는 브라질 사람이었고 파리에서 살고 있으며 로마에서는 친구 집에 며칠 머무를 예정이라고 했다. 그가 알고 싶어 하는 모든 것은 에르베 기베르에 관한 것이었다. 에르베가 여기에 있는지, 그의 숙소는 어딘지. 일반적으로 이런 상황에서 나는 인맥을 자랑하지 않으며 진중한 태도를 보이는 편인데, 로마에서는 그의 성적 매력에 끌려서 지금 에르베가 이곳에 없지만 그를 잘 안다고 대답해버렸고, 그 대답은 곧장 나쁜 결과를 가져왔다. 그는 내게 기숙생인지, 어떤 분야이며 어느 출판사에서 출간했냐고 물으며, 이어질 내 대답과 반대로 별 볼 일 없는 출판사에서 책을 냈을 거라고 확신하며 말했다. "미뉘? P.O.L이라고요?" "네." 그는 당황했다. "뭐라고요? 맞다고요?" "네, 미뉘. P.O.L이요." 그의 말투가 달라졌고, 우리는 밤을(여러 밤을) 함께 보냈다. 그는 아마도 속물근성으로 내게 접근했겠지만 상관할 바는 아니었다, 나의 의지와 상관없이 내게 끌렸던 모든 이들처럼 그것은 그가 감당해야 할 일이었으니까. 겸손일까, 자만일까? 영리함일까, 멍청함일까? 나는 내 친구들이 내게 접근하는 동기에 신경 쓰지 않는다. 내 지인이라고 해도 나의 아버지와 쉽게 관계를 맺을 수 없다는 것을 잘 알고 있고, 내게는 그것이 각인되어 있기 때문에 누군가 그런 목적을 가지고 내게 다가온다는 것을 상상할 수 없으며, 만약 그렇다고 해도 다른 사람은 몰라도 내게는 멍청한 짓으로 여겨질 뿐이다. 내 아버지가 편집자라는 게 어쩌면 에르베와 나와의 관계에 도움이 됐을 수도 있겠지만, 그 둘이 싸운다고 해도 우리 관계는 문제될 게 전혀 없었다.

그 남자가 에르베를 너무도 만나고 싶어 해서 우리는 파리에서 그와 함께 저녁을 먹었고, 그는 자신의 이름을 에르베 작품 속에 남기게 됐다.《내 삶을 구하지 못하는 친구에게》에서 의사 이름의 이니셜로 쓰이게 된 것이다. 그 의사에 대해 말하자면, 그다음 해에 우리가 엘바섬에 있는 동안 에르베가 내게 그에게 숙소를 빌려주라고 부탁했고, 나 역시 그 의사가 인간으로서 의사로서 가진 장점의 혜택을 받았기에 수락했다, 에르베 책 속에 나오는 비밀들처럼 집을 여러 사람과 공유하는 것이 그 빌라의 용도이기도 했으니까. 우리가 돌아왔을 때 집은 완벽하게 청소되어 있었고, 친절한 메모와 함께 감사의 표시로 초콜릿과 예술적 가치가 전혀 없는, 엉뚱하다 싶을 만큼 작은 젖소상 두 개가 놓여 있었다. 당황한 나는 나도 모르게 손에 젖소상 받침대 하나를 다른 받침대 위에 올려놓았고, 나의 조심성 없는 행동 때문에 그 두 개가 다 깨져버렸다. 우리는 마음속으로 내렸던 미적 평가가 바깥으로 표출됐다는 생각에 미친 듯이 웃었다. 나중에 에르베가 의사를 바꿨을 때 젖소상 때문이었냐고 묻자 그는 그것도 한몫했다고 대답했다.

내가 베르나르도와 함께 로마에 처음 왔을 때, 에르베가 우리 앞에서 그의 갈리마르 편집자를 흉내 낸 적이 있었다. 편집자가 최근에 넘긴 원고에 대해 말할 때, 미용실에 갈 때, 다양한 상황에서 과장된 몸짓과 강한 억양으로 말할 때의 모습을 똑같이 따라 했고, 그게 너무 웃겼다. 그러나 그는 그 후에 금세 편집자를 바꿨다. 다음은 그의 친구가 내게 들려준 이야기다. 에르베가 책이 출간된 후에(무슨 책인지는 모르겠다) 우연히 옛 편집자를 만났다. 편집자는 그에게 자신이 보낸 편지를 잘 받았는지 물었고, 에르베는 그 말을 듣자마자 그의 말투를 통해 그가 편지를 보낸 적이 없으며 그런 편지는 존재하지도 않는다는 것을 확신했는데 그는-너무도 그답게-"네, 잘 받았습니다. 감사합니다. 그 편지를 받고 기뻤습니다"라고 대답했다고 한다.

내가 기숙사에 들어가기 전, 에르베는 첫해에 야간열차인 르팔라티노를 타고 로마까지 다녔다. 당시 내가 리옹역 근처에 살고 있어서 우리는 자주 트랑블루라는 인테리어 장식이 화려한 기차역 식당에서 이른 저녁 식사를 하곤 했다. 그러나 우리는 다음 해에는 기차를 함께 타지 못했다. 내가 기숙생이 됐을 때 값이 더 저렴하고 편리한 코세어 항공으로 파리와 로마를 연결하는 누벨프롱티에르* 여행사가 생겼고, 우리는 그것만 이용했다.

나는 언제나 하고 싶은 말을 표현하지 못하면 쓸모없는 사람이라는 느낌을 받았고, 그래서 이탈리아어를 할 줄 모르면서 사람을 만나는 게 두려웠다. 반대로 에르베는 말하는 걸 좋아하기도 했고 엘바섬을 여행하면서 말할 기회가 무척 많았기 때문에 이탈리아어를 잘했다. 그렇지만 그에게는 나조차도 놀랄 수밖에 없는 특징이 있었는데, 그러니까 억양에 전혀 신경 쓰지 않고 단조로운 톤으로 프랑스어를 하듯 하나의 음으로 말한다는 것이었다. 상인들을 마주할 때 나의 두려움은(무슨 음식을 시켜야 하는지, 종업원에게 무슨 말을 해야 하는지 빠르게 숙달할 수밖에

* 1960년에 창립, 1990년대에 패키지 투어 전문 여행사로 성장하지만, 2021년 TUI AGE에 합병된다.

없었던 식당을 제외하고) 일상생활을 어렵게 했다. 나는 빌라에 구비된, 고장이 잦고 다른 기숙생들이 늘 이용 중이던 다리미로 대충 다림질한 옷들을 빨기 위해 세탁소에 찾아가는 일을 감행하지 못하고 더러운 옷을 마리와 장이브의 숙소 밑에 위치한 세탁장에 가져갔다가 늘 더러운 상태로 다시 가져오고는 했다. 에르베는 어떻게 했는지 기억이 나지 않는다, 우리가 친하긴 했지만 더러운 옷을 함께 빨거나 같은 세탁소를 다닐 정도는 아니었으니까.

그러나 그는 누벨프롱티에르로 여행할 때만큼은 나를 거뜬히 책임졌다. 내가 로마에 왔을 때 그는 이미 비행기로 여행을 다니기 시작했었고, 포폴로 광장에 그러니까 빌라 근처에 있는 여행사의 카운터에서 일하는 프랑스어를 할 줄 아는 한 여자와 친해져 있었다. 나 역시 그녀와 잘 통했다. 마누엘라와 우리는 저녁을 함께 먹고 술을 몇 잔 마시면서 서로의 연애에 대해 소소한 이야기를 나눴고 그녀 덕분에 누벨프롱티에르에 가는 것이 즐거웠다. 그러나 비행기는 불편했고, 공항은 피우미치노에 있는 레오나르도다빈치국제공항이 아니라 전세기 전용 공항인 참피노였는데, 그곳까지 연결되는 교통이 달랐고, 가장 늦게 내린 승객이 입국 서류를 작성하고 짐을 찾는 것까지 확인하려면 누벨프롱티에르의 공항버스를 적어도 몇 시간은 기다려야 했기 때문에, 에르베와 나는 둘 다 그 버스를 기다리지 않고 택시를 탔다. 내가 로마에 도착했던 날, 에르베는 내게 나보나 광장에서는 택시와 기부금을 모금한다는 핑계로 주머니를

터는 집시 아이들, 이 두 가지를 조심하라고 말하면서 그들을 내쫓을 때 쓰는 몸짓과 "바비아(Va'via, 저리 가)"라는 말을 알려줬다. 나는 그가 가르쳐준 대로 했지만 부정직한 택시만큼은 아무리 조심하려고 해도 쉽게 피할 수 없었다.

코세어 항공은 다른 호화로운 항공사와 다르게 승객 응대가 덜 부담스러웠다. 한번은 인간관계에 특별히 능숙한 기장을 만난 적이 있었다. 그는 엄청나게 말이 많아서 조종석에서 전하는, "저는 여러분이 타고 계신 비행기의 기장입니다. 즐거운 여행이 되길 바랍니다. 이 비행기는 한 번의 식사가 제공됩니다"라는 인사만으로 그치지 않고, 페드로 알모도바르의 영화 〈마타도르〉에서 집 안주인이 의례적인 기도를 하는 대신에 전식과 본식을 가리키며 신의 축복을 구하다가 음식의 이름을 몰라 잠시 머뭇거리자 하녀가 그녀를 향해 몸을 숙여 "크렘 랑베르세"라고 속삭인 후에 기도를 이어갔던 것처럼, 저녁 식사 메뉴를 "당근 라페와 튀긴 에스칼로프에 감자 퓌레를 곁들인"이라고 구체적으로 설명하다가 "먼저 당신의 입술을 적실 초콜릿케이크"가 마음에 들기를 바란다며, 비행 내내 어찌나 수다를 떨어대는지 안전이 걱정될 정도였다. 그 일이 너무 재미있었던 나는 에르베에게 들려줬고, 직접 그 비행기의 기장을 만나기 전까지는 내가 지어낸 이야기라고 믿었던 그는《내 삶을 구하지 못한 친구에게》속 인물에게 그 기장의 이름을 붙여줬다. 우리뿐만이 아니라 다른 사람들의 바보 같은 면도 우리를 즐겁게 했던 것이다.

10년 후, 라시드와 누벨프롱티에르에 함께 갔다. 그는 내가 에르베를 의지했던 것처럼 나를 의지했던 새로운 기숙생이었고, 마누엘라 역시 그곳에 있었다. 그녀는 "너의 친구"의 안부를 물었지만, 내게 조의를 표해야 하는 상황에 당황하지는 않았다.

나는 때때로 에르베가 했던 이야기를 전할 때 혼란스럽다. 그러나 나의 이야기는 오래 남을 것이다. 우리가 동갑이었다고 해도 내게 빌라는 청춘이었고 에르베에게는 이미 삶의 마지막이었으니까. 마누엘라는 에르베가 내게 소개해준 유일한 친구는 아니었다. 그녀 이전에 더 가깝게 지냈던 에블린과 미첼레나가 있었는데, 그녀들은 각각 사무총장과 교장의 비서여서 우리는 늘 그녀들과 볼일이 많았다. 내가 그랬듯이 에르베도 그녀들이 나에 대해 좋게 생각하도록 행동했고, 우리는 금세 가까워졌다. 내가 빌라에 도착했을 때 내 숙소가 아직 마련되어 있지 않았었고(기숙생이 떠나는 날짜와 새로운 기숙생이 도착하는 시점이 불명확했다), 몇 주 동안 다리 쪽에 있는, 임시로 내어준 방에서 지냈다. 그러니까 같은 궁의 고층에 있는 방이었는데 커다란 창문으로 정원의 아름다운 전경이 보이는 곳이었다. 침대는 반이층 위에 있었고 스페인 광장 밑에서부터 내 침대까지 계산해보니 계단을 이용하면 273층이었으니까 하루에 열 번씩 오르락내리락 하는 일은 피해야 했다. 그러나 나는 내게 배당된 숙소만큼 그 임시 숙소가 마음에 들었고, 에블린이 혼자가 아니었을 때 그녀에게 그 마음을 표현했는데, 에르베는 기숙생들이 만족하는 것보다 불평하는 것에 익숙하니 의심받지 않도록 조심하라고 주의를 줬다. 에블린과 미첼레나는 친구였고, 우리는 아카데미의 수많은 뒷이야기를 들으며 그녀들과 자주 점심을 먹었다. 에르베는 그녀들을 좋아했기 때문에《익명》에서 그녀들에 대해 아주 호의적으로 썼고, 나는 그 점이 유희가 아니라 선동인 것 같아서 마음이 불편했다. 그렇다면 에르베는 다른 이들은 충분히 좋아하지 않아서 소설 속에서 그들을 불쾌하게 다뤘단 말인가?

그녀들은 에르베의 죽음에 대해 내 앞에서 마음을 표현했고, 나는 어쩌다 한 번씩 로마에 가면 빌라에 가지 않더라도 그녀들을 만났다. 그러다 에블린이 일을 그만두게 됐다. 다른 기숙생들도 그랬겠지만 나는 그녀의 퇴직을 기념하는 점심 뷔페가 준비되어 있다는 연락을 메일로 받았다. 그때가 어머니가 돌아가시고 15일 후였지만 나는 그곳에 갔다. 비행기 도착 시간이 불확실했기 때문에 제시간에 도착하기 위해 전날에 왔고, 이제 열쇠도 없고 어쨌든 안전 절차도 더 복잡해진 빌라의 정원보다 출입이 쉬웠던 보르헤스 빌라에서 내가 좋아했던 정원을 산책한 후에 바로 옆에 있는 호텔에서 잤다. 나는 공원을 걸으며 말러의 교향곡을 아이폰으로 들었는데, 그건 평소에 내가 절대 하지 않던 짓이었다. 아무도 나를 알아보지 못하는 지아르디노에서 혼자 저녁을 먹었다. 다음 날 나는 비밀번호를 모른 채 입구에 정시에 도착했고, 문을 지키던 젊은 여자에게 찾아온 이유를 말했더니 위로 올라가게 해줬다. 내가 마주친 직원 중에 나를 아는 사람은 없었다. 직원들이 모두 바뀌었기 때문이다.

파티는 잘 준비되어 있었다. 많은 사람이 발코니에서 에블린이 마지막 업무를 끝내고 올라오기를 기다렸다. 그녀가 미첼레나와 함께 나타나자 모두 뭉클함을 느꼈다. 나는 혼자 구석에 있었지만 그녀들은 나를 봤고 내가 감동했다는 사실에 기뻐했다. 옛 기숙생 중에 그곳까지 온 사람은 많지 않았다, 기숙생들 중에 에르베와 외젠 그리고 나처럼 그녀들과 친분이 있는 사람들은 별로 없었으니까. 그러나 에블린이 25년 동안 비서로 일하면서 냉대받았던 한 사람을 제외하고는 사무총장들이 모두 왔고, 그중에서는 도쿄에서 온 사람도 있었다. 그들이 그곳에 모였다는 것이 그녀의 어떤 면모를 말해주었고, 그래서 감동적이었다. 점심은 뷔페였고, 앉고 싶은 자리에 앉았다. 미첼레나와 나는 계속 붙어 앉았고, 에블린은 주인공 테이블에 있었다. 미첼레나는 평생 빌라에서 살았다. 그녀의 어머니가 그곳에서 일했고, 그 일은 분명 너무 편했기 때문에 자식에게 대를 이어 물려줬는데, 그녀가 가업을 벗어났다면 너무 아쉬웠을 것이었다. 그녀는 여자아이였다가 발튀스가 책임자로 있을 때 사춘기 소녀가 되었고, 나는 어느 글에서 발튀스의 수업 시간에 그녀가 모델을 했다는 일화를 읽고 그 글을 필리프 솔레르스에게 전했는데 그가 그 글에 매료되어 렝피니 출판사에서 책을 출간할 수 있었던 것은 내게도 기쁜 일이었다. 나는 에블린 역시 늘 빌라에 있었다고 믿었는데 실은 그렇지 않았다. 그녀는 에르베와 외젠이 오기 직전에 왔었고, 그것을 알게 되면서 미첼레나와 에블린에게도 우리가 젊음의 추억이자 좋은 기억이라는 사실을 깨달았다.

에르베가 소개해준 로마 친구가 또 한 명 있었지만, 나도 에르베도 그와 잘 맞진 않았다. 말했듯이 첫해에 우리는 늘 함께였고, 식사를 하다가도 더는 견딜 수 없었던 순간들도 있었지만 잘 참아냈고, 그렇다고 따로 점심이나 저녁을 먹을 정도로 싸우진 않았다. 우리와 같은 동성애자여서 가까워질 줄 알았지만 그것만으로는 부족했던, 차가 있던 한 기숙생을 버린 이후로 외젠과 카린, 알랑과 다니엘과 함께할 때가 아니면 그와 나 둘뿐이었다. 우리보다 나이가 많았던 로마 부부를 제외하고 말이다. 나는 그들의 이름을 잊었고, 에르베가 그들을 어떻게 알게 됐는지 잘 모르겠지만 어쨌든 친구의 친구였던 부인을 통해서였을 것이다. 남편은 수학자였다. 나는 그 만남을 에르베를 통해서 들었기 때문에 먼저 연락한 것이 에르베였는지 그들이었는지는 알지 못했다. 어쨌든 그들은 친절했고 선한 의도가 있었으며 그것이 그들을 향한 나의 시선을 바꿔놓았지만 그렇다고 해도 그들에게 홀딱 빠질 정도는 아니었다. 그들은 모든 면에서 친절했지만 나는 그들과 함께 있는 게 즐겁지 않았다. 내가 기억하기로는 그렇다. 말도 안 되지만 그래서 그들과 만나는 것을 그만뒀다. 어느 날 에르베는 내게 그 부인이 전화로 소식을 물었다고 했다. "잘 지내? 잘 지내는 거 맞아? 안색이 나쁜 것 같아서. 있잖아 너 많이 말랐어."《내 삶을 구하지 못한 친구에게》가 출간되기 전이었고, 그에게는 자신의 건강에 참견하는 것이 견딜 수 없는 일이었다. 그는 내게 그들을 다시 볼 일은 없을 것이라고 알렸다.

에르베가 빌라를 떠나고, 처음으로 혼자 빌라로 돌아와야 했던 나의 두 번째 해는 침울했다. 새로운 기숙생들이 들어왔지만 친해지지 못했다. 한번은 2층 숙소까지 올라가다가 두 명의 기숙생들과 마주친 적이 있었다. 물론 나는 그들이 누구인지 몰랐고, 나에 대해 알아볼 시간이 있었던 그들은 나를 잘 알고 있었다. 그들이 바로 내 새로운 이웃과 내가 친해졌던 또 다른 화가였는데, 나는 그들을 만난 이후로 그들을 내 숙소에 부르곤 했다. 내 숙소 아래층에는 포토그래퍼 에릭과 반려인 파투가 함께 살았다. 그들은 늘 인심 좋게 나를 점심이나 저녁에 초대했고, 그 호의를 언급할 때마다 지금도 여전히 마음이 뭉클하다. 그러나 우리는 식사를 함께 즐길 수 없었다, 에르베와 함께 식사하는 것에 익숙했던 내게 그것은 엄청난 변화였으니까. 어느 10월, 나는 커다란 숙소에 혼자 있었다. 봄과 여름, 빌라의 정원에 행복이 가득했던 만큼 해가 지는 5시 무렵, 조명도 없고 고립되어 어디에도 빛이 없는 그곳은, 기다리는 사람도 없이 혼자 집에 있으면 침울해 보이기도 했다.

다음 해, 혼자서는 집에 돌아가지 않겠다고 결심하고 에르베와 함께 돌아왔을 때 우리는 에릭과 파투의 집 그리고 드니와 테레즈의 집에서 저녁을 먹었다. 에르베는 그의 책 제목《익명》을 착안한 곳이자 내가 예외 없이 함께 가기를 거절했던 그

클럽에 다시 다녔다. 어느 날, 그가 내 이웃인 피에르와 함께 클럽에 갔다. 나는 마치 선심이라도 쓰듯 그곳에 한번 가볼까 망설이다가 포기했는데, 그는 자신이 혼자 클럽에 갈 때는 신경도 쓰지 않던 내가 피에르와 함께 가는 것을 방해했다면 괘씸하게 받아들였을 것이라고 했다. 2학년 기숙생 동기들은 에르베가 우리 기수라고 생각했었던 것 같다. 어느 날 아침, 자비에가 내게 말했다. 《내 삶을 구하지 못한 친구에게》가 출간되고 모두가 내막을 알게 되었을 때 자비에가 하룻밤을 같이 보낸 여자를 떨쳐내기 위해, 그날 아침 에르베의 상태가 나빠졌고 그래서 덩달아 내 상태가 좋지 않아져서 자신이 꼭 나를 보러 가야 한다고 우겼다고 했다. 나는 그의 유쾌한 경망스러움에 기분이 좋았다.

에르베의 병세가 변화함에 따라 로마에서 보낸 첫 번째 해와 두 번째 해 사이의 분위기가 달라졌다. 저녁 식사에 대해 말한 적이 있지만, 기숙생들은 아페리티프(식전주)를 마시는 전통을 지켰다. 우리는 식사 전에 간단한 안주와 술을 한잔하고 저녁을 먹으러 갔는데 우리를 제외한 대부분은 집에 남아서 저녁을 준비했다. 우리는 식사 초대는 잘할 줄 몰랐지만, 에르베는 아페리티프를 잘 준비했다. 우리는 라 피아체테리아 근처에 있었던, 그가 좋아했던 와인 가게 에노티카에서 술을 샀고, 바로 그곳에서 에르베가 브라게토를 발견했는데 우리가 좋아했던 스파클링 와인으로, 술을 잘 즐기지 않는 내 입맛에도 잘 맞았다. 우리는 아페리티프로 늘 그 술을 가져갔고, 손님을 초대할 때도 마찬가지였다. 마리와 장이브는 내가 2학년 때 빌라에 들어오기 전부터 알고 지내던 유일한 사람들이었고, 에르베도 그들과 잘 어울렸다. 떠올리면 기분 좋은 추억이 있다. 아페리티프를 기분 좋게 마치고, 평소보다 조심성이 덜해진 마리를 두고 에르베가 말했다. "그녀는 조금 브라게타했어!" 특히 그들의 집에서 나눴던, 더할 나위 없이 좋았던 저녁 식사가 떠오른다. 외젠이 떠난 후에 그토록 잘 맞는 기숙생들을 만날 수 있으리라고 기대하지 못했었는데. 우리 집으로 돌아갈 때 정원을 100미터는 걸어야 하는 것 역시 그 성대한 식사 초대에 매력을 더했다. 날씨가 좋았고 우리는 기분이 좋았다.

우리는 그 전년까지만 해도 서로에게 지나치게 의존하지 않기 위해 함께 저녁을 먹을 사람들을 찾았다. 그리고 그날, 우리가 지난해 그토록 원했던 완벽한 파티를 한 후에 집으로 이어지는 계단 앞 작은 마당에서 에르베는 내게 그게 마리든 장이브든 다른 누구든, 우리 단둘이 저녁 식사를 하는 게 더 좋다고 말했다. 우리는 너무 자주 보다가 갑자기 자주 보지 못하게 됐다. 우리에게는 시간이 부족했고, 미래가 현재를 압도해버렸던 것이다.

나는 삶을 즐기는 법을 잘 몰랐던 것 같다, 그보다 더 즐길 수는 없었겠지만. 1978년 여름, 몇 주 간격으로 제라르와 미셸과 에르베를 만나면서 나는 이 관계들이 영원할 것이며, 그들이 내가 삶을 즐길 수 있게, 조금은 만족할 수 있게 도와준다는 느낌을 받았다. 죽음은 그 영원함을 미셸과는 6년, 에르베와는 13년, 제라르와는 40년 동안 유지할 수 있게 해줬다. 나는 깨닫지 못했지만 내 지인들의 눈에는 명백했을 생명의 무력함과 불편함을 에르베는 당연히 알아챘다. 예를 들어 에르베는 내가 육체적 안락을 위한 물건에 어떤 가치도 부여하지 않으면 때때로 나를 구두쇠라고 비난했고 자신을 위해 그 물건들을 실컷 썼다. 로마에서 초반에 그가 나를 데리고 엠포리오 아르마니 티셔츠를 대량으로 파는 가게에 데려갔던 일은 좋았다, 옷에 전혀 관심이 없고, 병적인 수줍음 탓에 나체로 다닐 수는 없어서 겨우 옷을 걸치는 나조차도 그 티셔츠들이 예쁘다고 생각했으니까. 나는 옷에 있어서는 전혀 센스가 없었다. 마치 청소기 봉투가 다 떨어지면 새 봉투를 사듯이 입던 옷이 다 닳아져야 다른 옷을 사러 갔다.

어느 날, 에르베는 내가 베르나르도에게 줄 스웨터를 비싸다고 사지 않은 것을 나무랐고, 나는 그에게 구두쇠라서 헤로인을 복용하지 않는 것이냐고 따지며 반박했다. 사실은 뭐라고 대답했는지 잘 기억나지 않는다. 곧바로 할 말이 머릿속에 떠오르긴 했지만 내가 그것을 소리 내어 말했는지는 잘 기억나지 않는다. 에르베의 상태가 매우 좋지 않았던 시기였기 때문에 내가 옳은 것은 중요한 문제가 아니었다. 게다가 나는 늘 스스로 보통 사람들을 이해하지 못한다고 느껴왔고, 심리상담사의 말을 듣고 따르면서 그 부분을 극복해보려고 했지만 소용없었다.

나는 자신을 정당화하는 일은 불가능하니 시도조차 하지 않는 게 시간을 버는 것이라고 생각했다(LSD가 나의 이런 생각을 더욱 견고하게 해줬다, 마약에 취하면 온전히 이해할 수 있는 순간을 나눌 수 있었으니까. 그것은 놀라운 쾌감이었고, 마약에 취해 있을 때만 맞이할 수 있기 때문에 그것이 얼마나 특별한지 드러나는 유일한 순간이었다). 새 옷을 가졌을 때 느끼는 기쁨을 상상할 수 없었던 나는 스웨터 하나를 사는 데 그토록 많은 돈을 지출하는 게 몰상식하며, 그것 때문에 에르베와 다투는 것 역시 있을 수 없는 일이라고 생각했다. 게다가 그는 사실상 무엇이 문제인지 알고 있었으니까. 내가 로마에 없을 때, 영화를 찍는 알랑에게 빌라의 숙소를 내준 적이 있었다. 그의 배우 중 한 명이 내 집에서 잤고, 우리가 로마에 돌아왔을 때는 깨끗하게 다림질까지 해서 정돈해 놓은 시트가 침대 옆에 놓여 있었다. 나는 침대 시트를 빨 때 빌라의 세탁기만 사용했기 때문에 다림질을 한 적이 한 번도 없었는데(티셔츠는 대충 다려 입었지만 침대 시트를 다림질할 야심은 없었다) 에르베가 그걸 보고 곧바로 침대 시트를 쥐면서 말했다. "자, 보자, 넌 신경도 쓰지 않으니까." 나는 잠자코 인정하며 그렇게 깨끗한 침대 시트를 가져보지 못한 것을 후회했다.

내 장학금이 끝나자 우리는 함께 돌아가게 됐다. 빌라에서 보낸 마지막 날에는 내가 중요하지 않게 여겼던 것들이 눈에 띄었고, 그렇지만 결국 그것들이 그리 중요하지 않다는 사실에 스스로 조금 놀라기도 했다. 나도 그랬지만 에르베는 나보다 더 엄숙한 하루를 보내고 싶어 하지 않았다. 설령 다시 기숙생이 되지 못한다고 해도 내게는 돌아올 기회가 분명히 있었고 실제로 이후에 그렇게 하기도 했지만, 에르베는 자신이 그토록 사랑했던 장소에 다시는 돌아오지 못할 게 분명했는데도 말이다. 그렇지만 그것은 말 그대로 우리들의 인생, 우리 두 사람이 함께 나눈 인생의 한 장이 갑자기 끝나버린 것이었고, 에르베에게는 한 장 그 이상, 그러니까 거의 한 권의 책이 끝나는 것이었다. 나는 마지막으로 에르베와 단둘이 정원을, 보르헤스 빌라 정원을 돌고 아파트에 잠시 머물고 싶었지만, 기숙생들이 계속해서 작별 인사를 하러 왔고 만약 그가 혼자 있기를 원했었더라면 전혀 거리낌 없이 말했을 테지만 그는 그들을 반갑게 맞이했다. 그것이 나의 집, 우리 집에서의 마지막 날이었는데 이미 내게는 우리 집이 아니었던 것이다. 우리는 치암피노에 데려다줄 택시를 불렀다. 벌써 빌라 문 앞에서 택시를 타야 할 시간이 되었던 것이다. 에르베는 아픈 이후로 아주 가벼운 가방을 가지고 다녔기 때문에 내가 들어줄 필요는 없었다.

그래도 외젠에게는 에르베리노라는 말이 의미가 있을 것이다. 그게 아니라면 내가 그 앞에서 그 말을 한 번도 쓴 적이 없었다는 것인데, 그건 정말 말도 안 되는 일이다.

에르베와 그는 같은 시기에 빌라에 왔고, 그들이 2학년 때 내가 왔다. 그들은 정원 구석에 고립된 집을 둘로 나눠 두 개의 숙소로 만든 곳에 살았으니까 그보다 더 가까운 이웃은 없었다고 할 수 있을 것이다.

나는 에르베를 알기 전에 외젠이 미뉘 출판사에 보낸 글을 통해 그를 알게 됐는데, 토니 뒤베르가 발굴한 매거진의 작가였던 드니와 함께 그의 원고의 편집을 담당하면서 그와 친구가 되었다. 그때 외젠은 리에주에 살고 있었고, 우리는 서로 자주 보는 사이는 아니었지만, 그의 글들을 발행하면서 많은 서신을 주고받았다. 에르베가 나타나기 전까지 잡지에 가장 자주 글을 실은 작가가 그였다. 에르베는 외젠과 내가 만나기 전에 외젠을 알고 있었는데, 외젠이 미뉘 출판사에서 소설 《거짓말》과 시집을 출간한 이후였다. 그러나 그들이 친해진 것은 나중에 잡지에 관련된 활동을 하면서였다. 마침내 서로를 만나게 된 것이다. 1982년, 드니가 질려서 그만두는 바람에 내가 혼자 맡게 됐던 미뉘 잡지의 마지막 이전 호에는 '외젠 사비츠카야와 에르베 기베르의 만남'을 타이틀로 두 주요 저자의 특집을 실었다. 커버에는 에르베가 찍은 외젠의 사진을 넣었다. 그 호는 〈글쓰기 형제에게 보내는 편지〉라는 제목의 글로 에르베 기베르가 문을 열었고, 그 뒤로 외젠과의 인터뷰가 이어졌다. 나는 특집 기사를 마무리하면서 잡지에 글을 싣는 것에 의미를 두고 세 페이지 정도를 할애해 에르베와 외젠에 대한 기사를 썼다. 2013년 갈리마르에서 《외젠에게 보내는 편지Lettres à Eugène》가 출간됐고, 그 책이 에르베가 외젠의 동의하에 유일하게 출간을 허락한 서한집이었다.

나는 그들이 로마에서 보낸 첫해에 일어났던 주요 사건들을 《익명》을 통해 알게 됐다. 그러나 두 번째 해에는 당시 이탈리아 병원에 대한 흉흉한 소문 때문에 임신 중이었던 카린이 벨기에로 돌아가 출산하길 원했고, 외젠이 글자 그대로 "마린, 내 심장"을 탄생시킨 마린의 탄생을 위해 빌라를 포기하는 바람에 그의 체류 기간이 단축됐지만, 그곳에서 우리 셋이 함께한 시간은 아름다웠다. 외젠은 부부가 함께였고, 에르베와 나는 로마에서 우리 둘이 사귀었으면 모를까 짝이 없었으니까, 외젠이 자유롭다고 해도 우리와는 생활 방식이 같을 수는 없었다. 에르베는《익명》에서 외젠을 분노에 찬 사람으로 그렸지만, 나는 그가 화를 냈다는 주장을 진지하게 받아들이지는 않았다. 에르베가 떠난 후에 혹여 갈등이 있었다고 해도 죽음이 그 모든 것을 지우기라도 한 듯이 나는 외젠과 허심탄회하게 에르베에 대한 이야기를 나눴는데, 내가 한 말에 그가 반박하는 일은 없었고, 오히려 그 반대였다.

아버지와도 마찬가지였다. 에르베와 아버지는 몇 년째 사이가 좋지 않았다. 에르베는 금요일에 사망했고, 토요일마다 부모님 댁에서 가족 모임이 있었던 나는 소식을 듣고 약속을 취소했지만, 토요일 아침에 티에리와 크리스틴의 집에 갔다가 혼자 있고 싶지 않아서 다시 부모님 댁으로 향하게 됐다. 나는 그곳에서 다툼 같은 것은 없었다는 듯이 에르베 이야기만을 했고, 그것은 아버지도 마찬가지였다. 내가 에르베가 산타 카탈리나 묘지에 묻히고 싶어 했으며(오늘날에도 불가능한 것으로 알려져 있다) 자신의 묘지를 고르는 일이 감동적으로 느껴진다고 말했을 때 아버지가 자신의 감정을 말했고, 나는 시간이 지난 후에야 그때 당시 아버지 역시 당신의 묫자리를 막 발견했다는 사실을 알게 됐다. 그러나 에르베를 향한 어머니의 적대감은 사라지지 않았던 것 같았다, 그들은 만난 적도 없었고, 그가 어머니를 고통스럽게 한 일도 전혀 없었는데. 다만 에르베가 언론을 통해, 아버지에게 자신이 불쾌한 감정을 느꼈고 아버지가 자신을 조롱하는 것처럼 느꼈다고(그와 나의 동성애에 연관된 것일 수도 있다) 말했을 때 아버지가 느꼈던 괴로움으로 인해 어머니 역시 고통받았을 수는 있었을 것이다. 그러나 내게는 이미 확인된 사실을 지적한 것이었고 여전히 확인하고 있기에 어쨌든 익숙했다. 우리가 어떤 유명 인사와 가깝게 지내거나 가까운 사이인데 그와 그의 이미지를 보호해야 할 때, 그 사람의 성격에 따라서 두 가지 전략을 오간다. 하나는 사랑받는 그 위인의 강점을 배우는 것, 다른 하나는 그의 약점을 배우는 것.

나는 외젠과 에르베의 편집자였던 아버지 때문에 그들과 관계 맺고 있다고 느끼진 않았지만, 내가 받은 교육과 그 교육 환경에서 넘쳐흘렀던 문학의 무엇인가가 그들과 나의 관계에 기여했다고 생각했다. 외젠은《거짓말》의 작가였고, 그 책의 첫 문장은 내가 미뉘에 쓴 두 사람에게 헌정하는 글 속의 에르베에 대한 내용으로, 그러니까 "에르베는 '나'를 쓰고 독자들은 그것을 믿는다"라는 문장이었다. 사실 내게는 그런 일이 전혀 자연스럽지 않았고, 이상하기까지 했다. 요람 속에 있던 그 새로운 소설이 자연스럽게 내가 이야기에 거리를 둘 수 있게 해주었다. 나는 이야기를 창조하는 것은 거짓말이 아니라고 생각하고, 그것은 일상에서도 마찬가지다. 내가 하는 말이 매력 있거나 또는 불편한 이유는 그 때문이다. 사춘기 시절에 학교에 지각하면 이유를 설명하는 지각 일지를 적어야 했는데, 나는 지각한 동기는 "늦어서"이고, 그보다 더 자세하게 쓸 이유가 없다고 생각했다. 그러던 어느 날씨 좋은 봄날, 나는 이유를 이렇게 적어 넣었다. "대로에 눈보라가 내렸다." 그것은 있음 직한 일이 아니었지만 내게는 거짓말이 아니었다, 아무도 나를 믿으리라고 생각하지 않았으니까. 그런데 사람들이 그걸 믿었다. 물론 그 이유를 믿은 것이 아니라 내가 문제를 일으키고 싶어 한다고 생각했던 것 같은데, 결코 그럴 의도는 아니었다. 나는 장난을 좋아하고, 모두가 그럴 것이라고 생각한다(재미있으니까). 그러나 아니다. 장난은 모든 것을 흔들어놓고, 자신의 자리를 지키는 일은 어렵기만 하다. 이득 없이 흔들어놓으려는 것은 아니다. 나는 예외다. 내게는 장난이 득이 된다. 상상력이 생긴다. 그래서 많은 사람이 자신들의 이야기가 책에 조금이라도 언급되면 나쁜 이미지로 비치기라도 하는 듯, 애호박 그라탕을 미치도록 좋아한다고 밝히는 일이 살인과 맞먹는 비밀을 밝히는 것처럼 지나치게 과민한데, 나는 오래전부터 에르베가 나에 대해 쓸 수 있는 글과 그가 생각하는 현실(진짜 현실도 아닌) 사이에 어떤 연관도 짓지 않았고, 그래서 그가 나를 정말로 인색하다고 생각한다는 것을 이해하는 데 몇 년이 걸렸으며, 어떤 면에서는 믿을 수가 없었다. 어느 날은 그가 오랫동안 식품점에 가는 것을 싫어했던 나를 두고 내가 가격을 비교하며 이 가게 저 가게를 뛰어다니는 모습을 상상했다고 말했고, 그 말에 담긴 모든 것이 내게 상처가 됐다. 게다가 그 말은 사실이 아니었다. 그렇지만 나는 그가 내 아버지의 인색함도 동시에 비난했던 것이라고 생각한다. 가족이기 때문에 논리적으로 당연했을 것이라고.

내가 로마에 머물던 첫해, 어느 날 내 숙소에서 에르베가 티에리와 한스 조르주와 나를 혹평하는 글을 썼다며 그 내용을 장난스럽게 과장한 글의 제목을 말해줬다. 나는 그걸 듣고 깜짝 놀랐고, 그는 내 반응을 예상하지 못했기 때문에 당황했다. 나는 나를 싫어하고 그것으로 이득을 취하는 혹평에 대해서만 겨우 할 말을 찾아냈고, 그는 천천히 눈을 들어 하늘을 봤었던 것 같은데 잘 기억나지 않는다. 그게 뭐가 중요하겠는가? 나는 내가 무엇을 주장하는지 잘 알고 있었고, 생각나는 대로 지껄였다. 난처해진 그는 글에 다른 친구를 쓰려고 했지만 잘 되지 않았다고 말하면서 내 기분을 맞춰주려 했지만, 우리가 친하다는 이유로는 부족했다. 그의 역설적인 위로가 내게 닿았다면 위로가 될 수 있었겠지만, 그 순간에는 어떤 말도 내 관심을 끌지 못했다. 다만 헤로인 몇 센티그램(100분의 1그램)만이 유용했을 뿐.

사실은 이러했다. 나는 그날 엄청난 금단증상을 겪으며 파리에서 왔고, 끔찍한 밤을 보냈다. 하루의 시작부터 재수가 없었던 것이다. 금단증상의 주된 부작용이었다. 행운인지 불행인지 모르겠지만 나는 내가 아는 대부분의 헤로인 중독자들보다 육체적으로 더 잘 견뎠고, 마약이 내게 안내해주기로 한 인위적인 천국만큼 심각한 강도의 정신적 고통을 느끼는 것이 주된 부작용이어서 실제 슬픔과 사랑, 그 어떤 것도 나를 그토록 망가뜨린 적은 없다는 느낌을 받곤 했다. 그것은 마치 악몽의 미다스의 손 같았다. 내 생각은 탐험하지 않은 뇌 곳곳을 돌아다니며 전방위로 일하는데 머릿속으로 내가 건드리는 모든 것에 불길한 일이 일어날 것 같았다. 나는 파리에서 코믹 만화를 읽고, 우울증을 악화시킬 수 있는 것들과 접촉하지 않기 위해 조심하면서 나름의 싸움을 했다. 나는 그 우울함이 시간이 지나면 괜찮아진다는 것과 태풍 속에서 진지하게 해야 할 일은 아무것도 없다는 것을 알고 있었다(훗날 헤로인에서 벗어나겠다고 결심했을 때, 이 혼란을 잠재우는 데 그저 몇 개의 약이면 충분하다는 사실을 알게 됐다). 그러나 그때는 나보다 불평할 이유가 훨씬 더 많았던 에르베에게-이런 비교가 의미가 있다면-불평할 수 없다기보다는 그건 이치에 맞지 않는 일이었으니까 내 이야기를 할 수 없었다. 에르베는 매우 조심하면서도 또 한편으로는 그렇지 않았고, 모든 것을 생각하면서도 또 아무것도 생각하지 않았다. "우리는 왜 이렇게 서로 멀리 떨어져 있을까?" 《두 아이와 함께 한 여행》 속에서 부재한 친구들의 숫자를 센 후에 나오는 이 문장이 내게는 늘 충격이었다, 나는 그런 상황을 상상해본 적이 없었으니까. 그래도 그것은 잠시 잠깐이었고, 몇 분 후에는 더는 중요치 않아졌다. 그래도 그 이후로 다시는 그에게 원고를(그는 그 원고를 버리게 된다) 읽어달라고 하지 않았다.

총장 이야기를 빼놓을 수 없다. 빌라는 로마에 있는 아카데미 프랑스 학술원으로, 관료주의와 계급제도를 내포하는 유명한 문화재단이다. 내가 그곳에 있을 때는 모든 사건이 이미 정리된 후여서 잘 느낄 수 없었지만, 에르베가 그곳에 왔을 때는 교장과 총장 사이에 다툼이 있었다. 총장은《익명》에 따르면 밉살스러운 사람인 듯했다. 보통은 에르베가 기록한 사건들을 정확한 사실로 받아들일 수만은 없지만, 2학년 기숙생들이 내게 해준 말에 의하면 그는 정말 그런 사람이었던 것 같다. 그러나 내가 왔을 때는 교장이 다툼에서 이겼고, 전 총장은 짐을 싸서 나가야 했으며, 그 자리에 모두가 의문을 품는 새로운 총장이 오게 됐다. 새 총장이 처음 한 일은 기숙생들을 한 명씩 만나는 것이었고, 좋은 의도로 시작된 일이었다(기숙생들에게 전혀 관심이 없던 교장은 신입 기숙생들을 위해 환영 파티를 열었고-나쁜 생각은 아니었다-그런 후에 금세 그들을 관심 밖에 뒀다). 에르베는 신임 총장이 전 총장만큼 불쾌한 사람인지는 알지 못했다. 그는 〈르몽드〉에 빌라의 운영을 비판하는 기숙생들의 논평을 싣는 데 개입하면서 전 총장이 사퇴하는 데 한몫했는데, 재단의 관료주의적이고 계급주의적인 면을 봤을 때, 문화부 장관이 개입하기라도 한다면 그들이 쌓아온 이력을 더럽힐 수 있기 때문에 책임자들이 가장 두려워하는 것은 언론에 알려지는 것이었다.

나는 그해 로마에서 있었던 일들을 이야기하는 게 조심스럽다(그렇지만 거침없이 그 조심스러움을 뛰어넘는다). 우리와 나이가 같았던 신임 총장은 사실 나쁜 사람은 아니었던 것 같다. 나중에 에르베의 친구는 우리 같은 두 불량배를 아무 준비 없이

상대해야 했던 그 문화부 관료가 불쌍하다고 말했다(그와 함께 일했던 에블린은 그에 대해 좋게 말했고, 라시드 역시 나중에 그를 만날 기회가 있었는데 비교적 유익한 만남이었다고 말했다). 그러나 그는 우리에게만큼은 다른 사람들에게 하듯이 호의적이지 않았다. 에르베는 2학년 기숙생으로서 나보다 먼저 그를 만나게 됐다. 나는 그때 다리 위에 있는 숙소에 살았고, 에르베는 면담이 끝나자마자 내게 이야기해주기로 했는데, 문을 열자 그가 한 번도 본 적 없는 모습으로 웃다가 주저앉아버렸다. 그는 배꼽을 잡으면서 들어와 즐거워하며 이야기를 시작했다. 총장은 에르베에게 그들이 만난 적이 있다고 먼저 말을 걸며, 둘이 함께 아는 친구가 있다고 했다. 에르베는 총장이 오페라 책임자로 일했던 적이 있어서 그 지인이 파트리스 셰로냐고 물었지만 그는 아니었고, 이자벨 아자니 또는 그의 친구 중에 한 명도 아니었다. 거기까지 이야기하는데 에르베의 얼굴에 웃음이 번졌다. 그는 그들이 함께 엮인 관계가 에르베의 연인이었던 티에리라는 것을 전혀 짐작하지 못하고 있었고, 그러다 갑자기 당시 총장의 모습이 완벽하게 떠올랐다고 했다. 티에리를 쫓아다니고 괴롭히던 남자였는데 티에리가 견디다 못해 말한 적이 있었다는 것이다. 에르베는 오페라 대로에서 그의 멱살을 잡고 그를 들어 올리며 "귀찮게 하지 말아요"라고 말했다고 했다. 우리는 그 일을 총장이 말하고 싶어 했다는 사실에 그가 단번에 우습게 느껴졌다. 나는 그 이야기를 들을 때마다 쥘 르나의 《일기》에서 한 사람이 식당에서 뺨을 맞고 모두가 웃는 사이에 그곳을 빠져나가려다가 출구에서 몸을 비틀고 있는 보이에게 “너도 한 대 맞고 싶어?”라고 말하는 장면을 떠올렸다.

총장은 분명 에르베를 어쩌면 나를 존경했고, 우리는 그것을 그저 서투름으로만 여겼던 것 같다. 그는 동성애가 우리 사이를 연결하는 필연적인 끈인 것처럼 우리에게 달라붙었다가 자신의 장래에 도움이 된다는 이유로 한 기숙생의 여자 친구에게 청혼하는 우스운 일을 저질렀다. 어느 날 저녁, 그가 우리를 관사로 초대했다. 관사는 교장이 경리 직원에게 내주기 위해 일부를 수리한 곳이었다. 샴페인인지 와인인지 잘 기억나지 않지만 그는 우리에게 마실 것을 권했고, 비행기에서 주는 것 같은 작은 술병을 보여줬는데, 에르베는 그걸 보고 비행기에서 몰래 빼내 온 것이라고 의심했다. 그는 병을 가지고 주방으로 갔다. 그곳은 우리의 시야를 벗어난 곳이었지만 병이 깨지는 소리가 들렸고, 이윽고 그가 유리병에 담긴 액체를 가지고 왔을 때 에르베는 그가 술병을 깨뜨려서 걸레로 바닥을 닦고, 그 걸레를 유리병에 짜서 가져온 것이라고 우기며 즐거워했다. 사실인지 추측인지 알 수 없지만(그러나 증거는 많다) 그의 인색함은 모든 기숙생 사이에서 유명했다.

나를 짜증 나게 했던 것은 그가 우리의 점심 식사에 껴드는 것이었다. 오래 가진 않았다. 그는 우리에게 마치 사교 파티에 있는 것처럼 말했고, 그것은 우리에게 익숙한 대화 방식이 아니었다. 내가 원했던 것은 사람들이 나를 내버려두는 것 그리고 내가 아무것도 바라는 게 없고, 마찬가지로 내게 바라는 것 없는 이 빌라의 윗사람들과 불편한 일을 만들지 않는 것이어서, 처음에는 이 점심 식사가 반복되지 않고 그가 우리의 상황을 이해해준다면 물의를 일으키지 않으려고 했다. 내가 그에게 혐오감을 느낀 것은 10월 말부터였다. 전날, 프랑스 축구팀이 키프로스 팀과의 경기에서 예상했던 승리를 거두지 못하고 무승부 경기를 치르면서 월드컵 출전이 위태로워졌다. 나는 자기 힘으로는 어쩔 수 없는 비극적인 일이 일어났을 때 모든 서포터가 느끼는 슬픔을 느꼈고, 내가 로마에 살고 있는데 월드컵 결승전이 이탈리아에서 열린다는 게 나를 더욱 슬프게 했다. 이 모든 것이 너무 안타깝고 바보 같았다. 나는 그런 마음으로 스포츠 저널 〈레퀴프〉를 읽고 있었고, 한편 총장은 에르베 앞에서 오페라에 대한 일반적인 이야기를 하고 있었는데 어떤 오페라였는지는 기억이 나진 않는다. 에르베는 예의 바르게 그의 이야기를 들었고, 나는 읽던 신문에 빠져서 그러지 못했다. 총장은 갑자기 말을 멈추고 내게 안중에도 없는 오페라 이야기로 우리를 귀찮게 하는 것이 마치 순수한 마음인 듯, 〈레퀴프〉를 읽는 나를 속물 취급했다. 나는 분노가 차올랐지만 식사가 끝날 때까지 참았고, 에르베에게 다시는 그와 점심을 먹지 말자고 말했다.

내가 평소에 편집증 환자처럼 모든 관료들에게 거리를 두고 조심하는 것을 아는 에르베는 총장이 나를 완전히 다른 사람으로 만들어버린 것에 즐거워했다. 그는 나를 기쁘게 해주고 내 분노를 해소해주기 위해 체류가 끝날 무렵 〈총장〉이란 제목의 글을, 아니 적어도 글의 초입부를 썼다. 육필 원고 한 페이지가 전부였는데, 분명 내가 잃어버렸거나 에르베가 없애달라고 부탁했을 것이다. 일인칭 시점으로 쓴 유머러스하고 과장된 문체의 글로, 그는 그 글의 무례함과 죽음에 가까운 순간에 그런 인물에 대한 그런 글을 쓰는 데 힘을 쏟았다는 것에 놀라는 체했다.

나의 경우에는 지속적인 분노를 느끼며 총장에게 부끄러울 정도로 야비하게 굴었다. 그의 친구이기도 했던 한 친구가 내게 그를 위한 선물을 맡겼는데, 나체 남자를 찍은 예술 사진으로 정성껏 포장한 책이었다. 내게는 그가 자신의 동성애를 부정하는 것이 출세에 눈이 먼 것처럼 보였고, 그런 점이 바로 내가 그를 형편없다고 생각하는 이유 중 하나였다(그런데 내가 무슨 상관이란 말인가?). 나는 먼저 포장을 열어 책이 들어 있는 것을 확인하고, 실은 전혀 감춘 것이 아닌데 의도적으로 숨기려고 한 것처럼 보이도록 일부러 포장을 엉성하게 해서 사람이 많은 틈을 타서 총장실에 그것을 가져다놓았다. 나는 조금 부끄러웠고, 그래서 에르베에게 사실대로 말했다. 그는 다정하지만 공정하게 말했다. "그런 짓은 하지 말았어야 했어. 그렇지만 나도 네가 절대로 하지 않을 일을 하기도 하니까…." 어느 날 우리는 에르베의 제안으로 총장이 조직한, 정확히 기억나진 않지만 일종의 합창단 연습실에 올라갔다. 나는 에르베에게 그냥 들를 수는 없다고 말했고, 그곳에 간다면 그것은 참여하겠다는 뜻이며, 그런 다음에는 거기에 붙들려 있게 될 것이라고 했다. 그는 내게 거침없이 병을 광고하고 다닌 것을 이용하자고, 그가 피곤하다고 말하면 우리가 가고 싶을 때 가도 아무도 뭐라고 하지 않을 것이라고 대답했다.

그러나 그 시기의 가장 가벼운 이야기들도 실은 그렇지 못했다. 《내 삶을 구하지 못한 친구에게》가 출간된 후, 체류 막바지에 있었던 일이다. 에르베와 함께 파리에서 돌아왔는데, 기숙생 한 명이 청소부들이 에이즈에 걸릴까 봐 두려워 한 달에 한 번 해주는 청소를 에르베가 산다는 이유로 내 숙소만 거절했다고 알려줬다. 나는 그 광적인 두려움이 재미있었고 분명 에르베에게 그런 어조로 이야기를 들려줬으나, 그는 전혀 웃지 않았다. 나는 그가 깜짝 놀라는 것을 보며 이내 자책했다. 그 청소부들은 거의 3년째 우리와 가까이 지내던 사람들이었고, 그는 그런 일이 일어날 것을 예상하지 못했던 것이다. 그들은 그들의 방식으로 에르베에게 "저리 가"라고 말하고 있었다. 이제는 내가 에르베의 기분을 고스란히 느꼈다. 나는 숙소의 청소 여부에는 관심도 없었지만 중요한 의문을 제기했다. 총장에게 전화를 걸어 청소부들이 에이즈에 걸릴까 봐 두려워 그런 식으로 청소를 거부한 것은 이해하지만 이치에 맞지 않는 일이기 때문에 다른 사람을 찾아서 청소하는 것이 프랑스 학술원이 해야 할 일이라고 말했다. 그리고 청소를 하지 않을 경우 필요하다면 언론에 알리겠다고 덧붙였는데, 이 부분에 대해선 전화를 끊자마자 내게 이야기를 전했던 기숙생에게 질책을 받았다(내가 〈리베라시옹〉에서 일했다는 것이 입학 심사 때 미디어를 통해 해를 끼칠 수 있다는 이유로 불리하게 작용했었고, 나 역시 절대 그것을 이용하지 않으려고 조심했었기에 드니의 질책을 받고 죄책감을 느꼈다). 총장은 사실은 전혀 그렇지 않고, 내가 숙소에 없었기 때문에 청소부들이 규정에 따라 청소하지 않은 것이라고 대답할 수밖에 없었다(그것이 규정이긴 하나 지켜진 적은 없었다). 에르베가 상처받았기 때문에 나는 제정신이 아니었고, 내가 관리인을 부르자마자 6분 후에 교장에게 전화가 왔고 이른 시일 내에 청소를 마치겠다고 했는데, 그 통화가 내가 그곳에서 지내는 동안 그에게 받은 유일한 전화였다.

몇십 년 후에 로마에서 자비에를 통해 만나 내 아내가 된, 모든 인물을 잘 아는 아가타에게 이 이야기를 들려줬다. 그녀는 내게 청소부들이 이상했던 것이 전혀 아니라, 그 시절 이탈리아 사람은 에이즈에 대해 잘 몰랐고, 그때 열여덟 살이었던 자신도 그런 식으로 행동했을 것 같다고 말했다. 그녀는 내가 봤다면 잊지 못했을 사건 하나를 들려줬다. 빌라를 나온 이후 에르베와 자비에, 나와 그녀는 파리에서 점심을 함께 먹은 적이 있다. 당시 에이즈 환자 앞에서 어떻게 해야 할지 모르고 겁에 질려 있던 그녀를 눈치챈 에르베는 그녀 앞에 있던 샐러드를 보면서 "맛있겠네"라고 말하며, 진짜로 겁을 주기 위해 샐러드 위에 장식으로 올린 딸기를 포크로 푹 찍었다.

에르베리노. 그 말이 내게 다시 찾아와 다행이다, 이제는 그를 몰랐던 사람들도 모두 에르베를 부르니까. 내 지인들이 그러는 것은 거슬리지 않는다, 그들은 내가 그렇게 말하는 것을 들었을 테니까. 게다가 그들이 내가 그에게 벌을 받는 중이냐고 물었을 때처럼 네 개의 음절로 그를 부른다면 이상할 것이다. 그러나 곳곳에서 학생 또는 그의 작품에 흥미를 느끼는 대학 교수, 라디오 게스트들이 거침없이 에르베의 이름을 부른다. 사실 그 모든 사람이 거슬리는 것은 아니다, 그건 그들의 마음이니까, 그들은 분명 그들의 친분을 드러내고 싶었을 테니까. 그러나 나는 나만의 말을 가졌다는 게 좋다.

오래전에 에르베에 대해 글을 쓰려고 했다. 그러나 에르베는 하나의 주제가 아니다. 무언가에 대해 쓴다는 것은 무슨 뜻일까? 이미 언급했던 우스운 문장, '무엇을 떠올려야 하는지 알 수 없다'는 말이 비로소 의미를 갖는다. 나는 쓸 수 없었다.

어느 날, 내가 가진 에르베의 사인본들을 크리스틴(에르베의 정혼자 티에리의 연인이자 그의 아이들의 엄마)이 에르베의 기록을 넘긴 현대 출판물 보관소에 기증해야겠다는 생각이 떠올랐다. 그 책들에는 사적인 농담이 넘쳤고, 그것은 에르베의 작업과 관련이 있던 것들이니까 그에게 관심이 있는 연구원들이 혜택을 누릴 수 있도록 각각의 작품마다 짧은 설명을 덧붙일 계획이었다. 크리스틴이 에르베의 뜻에 따라 사망한 지 10년 후에 출간했던 《연인들의 묘Mausolée des amants》를 읽은 후, 내가 가진 사인본에 주석을 달지 않은 것을 자책했다. 거기에는 내가 조명할 수 있는 내용들이 있었고, 그것은 내가 죽고 나면 사라지게 될 것이다. 단순히 글을 묶는 목적이라면 내키지 않았으리라(그러나 분명 또 다른 이유로 그 책을 엮었을 것이다. 그리고 내가 기억하고 있는 점들을 분명히 밝혔을 것이다). 그러나 사인본에 대해서는 훨씬 분명했다. 나 역시 거기 적힌 글들이 무엇을 말하는 것인지 잊었다고 해도 말이다. 게다가 그 짧은 글들은 우리의 관계를 간추려서 다시 그려준다. 몇 페이지의 글을 써보니 조금 더 해보고 싶다는 마음이 들었다. 그러나 에르베에 대해서 쓴 책은 존재하지 않을 것이다. 당연히 나는 해낼 수 없을 것이다.

한편으로는《사랑한다는 것의 의미》를 출간한 후였기에 같은 말을 반복하는 게 두렵기도 했다. 나는《연인들의 묘》를 읽으며 그랬던 것처럼, 내가 에르베에 대해서 했던 말을 확인하기 위해 내 글을 다시 읽을 수는 없을 것 같았다. 그렇지만 코랑탕이 1분 만에 나를 설득했다. 그는 그런 것은 중요하지 않으며, 내가 원하는 만큼 얼마든지 반복해도 절대 똑같을 리 없다고 말했다. 나도 내가 썼던 글을 기억하지 못한다면 다른 사람들이라고 그보다 더 잘 알 리가 없다고 말이다. 그러나 사랑하는 망자에 대해 무엇을 써야 한단 말인가?《사랑한다는 것의 의미》는 미셸 푸코가 사망하고 25년 만에 세상에 나왔는데, 언젠가 내가 이 글을 끝내게 된다면 그 기간은 훨씬 더 길 것이라고 생각했다. 나는 당시 살아남은 사람들이 누군가를 잃은 직후에 어떻게 됐는지를 이야기하는 책들을 여러 권 읽었다. 아, 얼마나 절감했던가. 나는 슬픔 속에서 글을 쓰고 싶었고 그것이 위로, 위로의 희미한 흔적이기를 바랐다. 그러나 단 한 줄의 문장도 내게 찾아오지 않았다. 글을 쓰는 것이 작은 위로가 된다면 사람들이 글을 쓰는 것을 이해할 수 있었던 것만큼, 나는 설명할 수 없는 이유로 슬픔에 빠진 모든 사람과 연대하고 있었고,

그랬던 만큼 그들이 책을 그토록 빨리 냈다는 사실에 놀라기도 했다. 그것에 대해서 라시드는 내게 단 한 문장으로 설명해줬다. "어떻게 책을 슬픔에 비교할 수 있겠어?" 그러나 나는 죽은 이와 단둘이 남아 있지 않기 위해 책을 출간할 수 있다는 것 또한 이해했다. "나에 대해서는 절대 쓰지 마." 라시드가 그렇게 덧붙였고, 그 말이 나를 얼어붙게 했다, 15년 전에는 이런 비극과 마주하게 될 것이라고 전혀 생각하지 못했으니까. 나는 아무 말도 하지 않았다, 그가 내가 노화를 과장하며 죽음을 지나치게 많이 이야기하는 것을 원망했기 때문이다. 나는 이제 60대가 됐다. 이 나이가 되지 않는 유일한 대안은 죽음일 것이다. 그러나 미셸 그리고 특히 에르베가 지금의 내 나이가 되기를 무척이나 원했을 것이라고 생각하면 지금 내가 불평하는 것은 부적절한 것 같다.

1978년 여름, 몇 주 만에 가장 중요한 세 사람이 만났다. 제라르, 미셸, 에르베. 그중 에르베만이 유일하게 진짜로 나와 여러 번 싸웠던 인물이다. 제라르와는 40년 넘게 싸울 일이 없었고, 미셸은 내 입장에서는 생각해본 적도 없었다, 나이 차이를 넘어 감탄과 존경의 대상이었으니까. 에르베는 나이, 동성애, 독신, 글, 모든 것에 있어서 우리를 나무랐다. 나는 성적인 끌림 이상으로 그를 사랑했던 적이 있었으니까, 계속 만나다 보니 감정이 격해지는 일은 당연했다. 어찌 보면 치러야 할 대가였고, 격앙된 감정의 장점도 있었다.

그가 옳았지만 결국 나를 화나게 했던 일들을 제외하고도 생각해보면 때때로 나 역시(그 당시에는 그런 생각이 들지 않았다) 내 잘못으로 그를 짜증 나게 했던 것 같다. 그가 내 행동을 삐딱하게 받아들였던 몇 가지 에피소드를 떠올려보면, 이미 말했던 것처럼 나는 그의 오해를 풀기 위해서 노력하지 않았고 늘 힘겨루기를 했다. 그는 내가 사후 작품들에 대해 원하지 않는 책임을 지면 편집자들에게 지독하게 굴리라 생각했다. 물론 나는 자가비판을 하는 의미에서 편집자가 되고 싶지 않았고, 편집자인 아버지와 태어날 때부터 관계를 맺어 온 만큼 어느 편집자와 지속적인 관계를 맺고 싶지 않았다. 빌라를 나온 후 어느 날, 그가 나를 기쁘게 해주려고 새로운 편집자와의 대화를 언급했다. "나도 마티외 랭동처럼 해봤지." 그러니까 그의 편집자가 그에게 둘이 서로 잘 통하는 것 같다고 말했고, 그가 편집자에게 이렇게 대답했다는 것이다. "책이 잘 된다면야." 사실 그런 상황에서 내가 했을 법한 말이다. 나의 대화 방식은 상대방을 즉각적으로 불편하게 하고 오해를 더 불러 일으키며, 내가 그것을 곧바로 알아챈다고 해도 기본적으로 솔직해야만 하고, 근거 없는 칭찬을 받고 싶어 하지 않는데, 그는 나의 그런 면을 장난스러운 공격성 정도로 이해했던 것 같다. 그러나 나는 에르베를 순수하지 않거나 솔직하지 못한 사람이라고 비난할 수 없다. 그는 내 인생을 바꿨다. 그가 나를 자신이 만류했던 존재가 됐다고 믿었다는 이유로 그를 비난하는 것은 조금 과한 처사일 것이다.

나는 내가 좋아하는 이들을 경이로운 존재로 보기 때문에 그들을 서로 만나게 해주는 것보다 더 좋은 일은 없다고 생각한다. 내게 에르베와 미셸의 공통점은 에이즈로 사망했다는 것이 아니라 둘 다 라시드와 코랑탕을 모른다는 것이고, 그 점이 여전히 아쉽다. 그런데 생각해보면 더 아쉬운 것은 그들이 내가 어떤 사람이 됐는지 보지 못했다는 것이다. 나의 정신적 성장을 자랑하려는 게 아니라(실제로 상황이 조금 그렇게 만들기는 했다), 그들은 분명 우리 세 사람이 상상했던 것 이상으로 만족할 만한 지금의 내 모습을 보지 못했다. 물론 그들은 세상을 떠났지만 그들이 내게 기여한 바가 있었고, 에르베 역시 나를 가르쳤다(나 역시 내 방식으로 그를 가르쳤던 것처럼). 그는 병으로 그 나이에 가질 수 없는 성숙함을 가졌고, 그의 병과 그가 마지막까지 글쓰기를 멈추지 않았다는 사실이 내게도 도움이 되었다. 그는 노년의 향수를 느끼며 《연인들의 묘》를 마지막까지 완성했지만, 글쓰기는 젊음이었고 그 젊음은 너무도 빨리 사라져버렸다.

이 글의 첫 번째 문장은 느닷없이 찾아왔다. 그때 나는 혼자 스포츠센터에 있었고, 문장을 찾으려고 애쓰지도 않았다. 몇 달째 아이디어를 떠올리지 못한 상태였고, 내 기억과 문장이 자리를 찾지 못하고 있었다. 에르베에 대해 쓰는 일은 에르베리노를 쓰는 일이며, 내 목구멍으로 들어가 나를 긁어대는 종이 위에 쏟아지기만을 기다리는 그 말을 쓰는 일이다. 나는 에르베를 내 것으로 가질 수도 버릴 수도 없으며, 무엇이 더 나은 것인지 알지도 못한다. 《사랑한다는 것의 의미》를 출간한 이후로(원래는 "내가 사랑한다는 것의 의미"라고 썼었다), 가끔 미셸 푸코의 작품을 말하는 자리에 초청받곤 했다. 나는 늘 스스로에게 부여한 역할을 벗어나지 않도록 조심했고, 그의 작품이 아니라 그에 대해서 말하려고 했다. 푸아티에 대학에 두 번 갔는데, 그 두 번의 강연에 모두 참여했던 청중이 친절하게도 내게 그가 생각할 때는 내 의견이 흥미로울 수도 있을 것 같은데 왜 그의 작품에 대해서 그토록 조심하며 어떤 언급도 하지 않는지를 물었다. 나는 그에게 거만인지 겸손인지 모르겠으나, 내가 말할 수 있는 것만 말하고 싶다고 대답했다. 에르베의 작업에 대해서는 더 철저하다. 그와 가장 이야기가 잘 통했지만, 이미 말했듯이 그가 세상을 떠난 후에 글을 쓰고 있고, 똑같은 말을 반복하고 있는지, 내가 한 말이 그와 이어지는지 모순인지 확인하기 위해 내가 쓴 것을 다시 읽고 싶지는 않다. 그것은 진실이 아니다. 각자만의 진실이 있고 그것이 쌓여 그저 텍스트가 될 뿐이다. 나는 그의 뒤를 이어 쓰고 있다, 조금은 에르나니*처럼, 내가 그의 뒤를 이어간다.

빌라는 로마의 관광 중심지에 있고, 기숙생이었던 우리는 상주하는 관광객들이었다. 그 시절에는 돈 문제가 복잡했다. 모든 것을 현금으로 지불했기 때문에 계속해서 돈을 써야 했고, 영화처럼 은행에서 목돈을 인출해서 주머니에 가득 넣고 다녔는데, 리라가 프랑보다 재화 가치가 더 낮았기 때문에 현금을 다발로 욱여넣어야 했다. 기숙생들의 장학금은 스페인 광장의 은행으로 들어왔고, 우리는 그곳의 노예가 된 고객들이었다. 자기

* 빅토르 위고의 희곡《에르나니》속 인물.

계좌에서 돈을 인출하기 위해서는 수없이 많은 인증이 필요했기 때문에 처음에는 에르베의 도움 없이는 할 수 없었다. 수많은 질문에 대답해야 했고, 프랑스 학술원의 주거래 은행이라고 해도 그곳의 직원이 모두 불어를 이해하는 것은 아니었으니까. 은행에 가는 것은 모험이었고, 한 시간도 넘게 걸렸기 때문에 우리는 자주 가지 않아도 되도록 계속 더 많은 돈을 인출했고, 그러다 보니 우리에게는 한 번도 일어나지 않았지만 관광객들이 곤궁에 처한 것을 보면서 소매치기가 우글거리는 그 장소에서 돈을 도둑맞을 위험이 크다고 생각하게 됐다. 그러니 도둑맞지 않기 위한 최선의 방법은 무엇이겠는가. 돈을 다 써버리는 수밖에.

우리는 거만했고, 빌라의 명성에도 둔감했다. 그곳에 있는 것이 좋았고, 그 장소와 우리에게 들어오는 돈을 잘 활용했지만, 바보 같거나 형편없는 기숙생들도 많다고 생각했었고, 우리를 뽑은 심사위원들에 대해서도 관대한 평가를 주지 않았다(에르베를 뽑은 심사위원은 나를 떼어놓기까지 했다). 장학금을 쓰는 쾌락이 있었다. 그리고 그것은 그 장학금이 듣지 말아야 모든 진실을 말하는 방식이기도 했다. 어떤 면에서 돈은 하루의 리듬을 결정했고, 어떤 약속도 대부분은 그 리듬을 끊지 못했다. 식사와 술뿐이 아니라 다양한 것을 샀다. 마지막에는 거의 매일 디스코붐에 갔는데, 그 이름에는 우리가 좋아하는 모든 것이 있었다. 비아 델 트리토네의 한 가게(에르베가 살았던 빌라 쪽)는 CD를 팔았다. 그곳은 우리의 머릿속에서 라 피아체테리아 맞은편에 위치한 대형 문구점인 페르테치와 연결됐는데 종이, 노트, 연필, 만년필 등을 너무 잘 갖추고 있는 곳으로 그곳에서 우리가 할 것은 아무것도 없었다. 디스코붐에서는 삽으로 퍼 나르듯이 물건을 샀다, 마치 우리가 챔피언인 것처럼. 한 번도 들어본 적 없는 오페라(어떤 것은 들어본 것이라고 해도), 에르베가 불법 생산 때문에 놀랐던 것을 보면 그다지 좋은 생각이 아니었던 피아프 음반 전집(그렇지만 다른 전집은 더 좋았을 것이다)…. 그의 상태는 악화되어갔지만, 우리의 생활은 여전히 즐거웠다. 돈이 어떤 때는 돈의 역할을 넘어섰고, 또 어떤 때는 돈의 역할을 다하지 못하기도 했다. 에르베는《내 삶을 구하지 못한 친구에게》가 성공을 거두고《연민의 기록Le Protocole compassionnel》과 후속 작품들을 쓰면서 죽음에 가까워질 때까지 목돈을 선인세로 받았지만 그가 그 돈을 다 쓸 수 있으리라는 희망은 거의 없었지만(그의 상속인이었던 크리스틴과 티에리를 안심시킬 수는 있었다) 그래도 그것을 받았다는 것만으로도 만족할 만한 일이었다.

빌라에 아이들이 많아지는 것도 돈과 관계가 있었다. 공무원들이 자녀 수에 따라 수당을 더 받는다는 이야기를 들었는데, 미술사학자들은 보통 공무원들이었고 관리자가 되겠다는 야망이 있는 이들이었다. 아기들과 어린아이들은 부모가 조금만 부주의해도 틀림없이 익사할 수 있다면서(그곳은 거인을 삼켜버릴 만한 곳이었고, 어느 표면이나 깊이가 일정했다) 에르베 집 근처 수조를 수영장으로 개조하지 않는 핑계를 대기도 했다. 나는 테니스 게임을 힘들게 한 판 하고 나면, 그곳에서 열을 식히고 싶었다(바로 옆에 테니스장이 있었다). 내 딴에는 이런 괴상한 요구를 하는 것이, 기숙사에서 즐기는 것이 부끄러운 일이라는 듯 작업만을 이야기하는 이들을 향한 복수였으나, 그럼에도 불구하고 나는 에르베와는 다르게 마음 놓고 즐기는 게 잘되지 않았다. 우리에게 귀속된 특권을 모른 체하는 게 성실하지 못하다고 생각했기 때문이다. (몇 년 후 빌라에 초대를 받아 그곳에서 보냈던 2년의 세월을 말하는 자리에서 〈테니스 선수 기숙생의 실망〉이라는 제목의 글을 읽었는데, 나는 비교적 만족했지만 그렇게 느끼는 사람은 나 하나뿐이었다.)

어느 여름날, 에르베가 즐겨 듣던 오디오가 고장 나는 일이 있었다. 로마에서 샀던 것으로 보증 기간이 남아 있었는데, 에르베는 그 오디오를 고치려면 어디로 가져가야 하는지 알아냈지만, 우리가 생각한 것보다 그곳은 더 멀리 있었고, 뜨거운 햇빛을 받으며 무더위 속을 걷다 보니 길을 잃었고 무엇보다 약속 시간을 어기게 됐다. 우리는 술집 하나 없는 낯선 동네에서 땀을 쭉쭉 흘렸고 더는 버틸 수가 없었다. 그것은 필립스 오디오였는데, 제 구실을 하는 기계를 발견했고, 어쩌다 보니 그게 필립스였던 것이다. 그런데 그 당시 그 브랜드의 평판이 좋지 않았거나 아니면 에르베가 그렇게 믿는 척을 했었던 것 같다. 그는 돈을 아끼려다가 망했다며 우리가 40도가 넘는, 그늘 한 줌 없는 로마에서 두 정신 나간 바보들을 연기하는 광고 모델이 되는, 아니 그보다는 필립스의 경쟁사가 부정적인 이미지 광고를 만들기 위해 우리들이 방황하는 모습을 찍고 "그들은 필립스를 샀습니다!"라는 운명 같은 슬로건을 내세우는 상상으로 나를 웃겼고, 그 역시 실컷 웃었다.

내가 불평하는(그렇게 심한 불평을 하진 않았다) 오해들을 에르베 역시 받았지만 그는 불평하지 않았다. 어느 날 저녁, 나는 이 글을 쓰기 시작했다가 다음 날 아침, 잠에서 깨어 그가 용기를 내서 쓴 것을 두고 사람들이 노출증이라고 비난하는 것에 대해 짚어볼 필요가 있으며 내가 방금 읽은 글이 그 점을 잘 드러내 준다고 생각했다. 그러다가 내가 에르베에 대해 쓴 글을 전혀 읽은 적이 없고, 이 일이 일종의 구체적인 꿈이자 헤로인을 복용할 때나 나타나는 지속적인 환각임을 깨달았다, 그러나 나는 몇십 년째 어떤 약물도 복용하지 않았고 오랫동안 그게 뭐든 간에 아무것도 피우지 않았다. 다만 에르베리노라는 말의 보호 아래 이 글을 조금 시작했을 뿐인데, 이 글이 내 안에서 너무도 깊게 자리를 잡아 나의 잠이 이용되기 시작했다. 꿈 같은 상상 속에 이 글이 존재하는 것이다. 우리는 좋은 감정만으로 문학을 할 수 없고, 용기 없이는 문학을 할 수 없는데, 에르베의 용기는 글 속에서 아주 단순하게 읽혀서 좋은 감정으로 포장한 거창하고 덜 무모한 용기를 이해하는 데 익숙한 사람들은 그것을 알아보지 못한다. 그런데 설령 작가가 노출증이라고 해도 그를 노출증이라고 비난하는 것은 이상한 일이 아닌가.

나 역시 에르베가 도움이 필요하기라도 한 듯 그를 구하러 갈 것처럼 굴고 있으니 이상하긴 마찬가지다. 나야말로 늘 그의 용기에, 그가 자신의 책을 변호하는 방식에 감탄했었는데. 내게 에르베리노는 그 안에 다정한 어떤 것을 품고 있으며, 내가 자주 안아보지 못했던 그를 품에 다시 안는 방식이다. 그는 생전에 질투를 유발했고, 그가 죽은 후에도 그 질투는 여전히 남아 있다. 질투는 그게 무엇이든 스스로 자라는 능력이 있다. 그는 아름다웠고 젊었고 재능이 있었다. 그리고 그의 재능은 그가 죽은 후에도 남아 좋지 않은 감정을 키우기에 충분했다. 그러나 그에게는 질투하는 관계라고만 여길 수 없는 적들도 있었다. 나는 그가 살아 있을 때는 신경도 쓰지 않았다, 그는 그냥 웃어넘겼으니까. 그런데 그들은 분명 그의 죽음 이후에 더 적의를 품었고, 이상하게도 이제는 신경이 쓰인다. 적은 적확한 단어가 아니다, 적은 그렇게 나쁜 단어가 아니니까. 그가 죽고 한 달 후, TF1에서 그가 죽기 전에 찍었던, 병이 아닌 아픈 몸을 다룬 영화 〈수치 또는 파렴치La Pudeur ou l'Impudeur〉를 방영하기로 했다. 그러자 여전히 존재하는 어떤 것이 시작됐다. 때때로 존중할 수밖에 없는 사람들이 예술적인 것이 아닌 오직 정치적인 관점에서 그의 작품을 비평했고, 그것을 내가 느낀 그대로 요약하자면 다음과 같았다. '에이즈를 그런 식으로 이야기해서는 안 된다.'

에르베의 책에서 지워진 내 어릴 적 친구가 떠오른다. 제라르, 어느 파티에서 그가 에르베를 앞에 두고 재미있는 이야기를 했고 모두가 웃었지만, 모든 것을, 모두를 지적하는 병이 있었던 에르베는 제라르의 말을 끊고 이렇게 말했다. "그 이야기를 그런 식으로 하면 안 돼." 나는 내가 제라르가 죽을 때까지 거리를 뒀던 것이 그가 내게 HIV 보균자라는 사실을 알리는 방식 때문이었다는 사실을 불현듯 깨달았다. 몇 년째 에이즈인 것을 알고 있으면서 에르베와는 오히려 그것 때문에 사이가 더 돈독해졌었는데 말이다. 제라르는 그 사실을 마치 행운인 것처럼, 잘된 일인 것처럼 흥분하며 내게 알렸고 나는 그 점이 불편했다. 그는 그에게 일어난 일을 기뻐했던 것이다. 그가 감춘 불안을 읽기 위해 그의 심리를 파헤칠 필요는 없지만, 그 이야기를 듣자마자 나의 반응은 "그 이야기를 그런 식으로 하면 안 돼"였고, 그것이 내게는 아직도 자랑스럽지 못하게 남아 있다.

에르베가 에이즈를 말하는 방식을 비판하는 사람들은 그가 그 병을 운명처럼 여기기를 바란다. 그는 그 병을 기쁨으로 맞이하진 않았지만 그가 할 수 있는 것을 했다. 그리고 죽었다. 에이즈 피해자들이 단지 세상을 떠난 사람들만은 아니라는 것을 이해하게 됐지만, 나는 살아 있고, 가장 큰 피해자들은 세상에 없기 때문에 나를 피해자로 정의할 수는 없을 것이다. 분명 생존자 중에 피해자들도 있겠지만 망자와 산 사람 사이에는 차이가 있다. 산 사람이 죽은 사람을 대신해서 말하는 것도 어려운 일인데, 하물며 어떤 망자에 대적하는 것은 어떻겠는가? 충격을 받았냐고? 그냥 마음에 들지 않을 뿐이다. 왜? 내가 무슨 권리로 말하겠는가? 내겐 그런 권리가 없다. 다만 내가 사랑했던 그리고 사랑하는 존재가 있다는 것, 그와 그의 작품이 있다는 것을 쓸 뿐이다.

이 글은 내가 1978년을 기리는 방식이기도 하다. 그해 여름, 몇 주 만에 제라르와 미셸 그리고 에르베를 만났다. 나는 그들 각각을 위한 책을 썼다. 제라르를 위해서는 1985년에 《용감한 짐의 책》을 썼고, 그가 늘 지니고 다닐 수 있게 문고판으로 만들고 싶은 욕심이 있었지만, 그 글을 쓰는 데 어려움을 느꼈다. 내가 쓰고 싶었던 것은 단지 내가 그를 사랑한다는 것이었고 그렇기 때문에 그다음에는 쓸 말이 없었고, 그래서 책으로 내기에는 원고가 조금 짧았다(그러나 책으로 만들었다). 원고를 다 쓰고 에르베와 저녁을 먹었는데, 그도 마침 《나의 부모님Mes parents》의 원고를 끝냈던 참이었다. 우리는 그때 처음으로 서로의 원고를 바꿔 읽었고, 그래서 내가 늘 하던 농담, 그러니까 에르베의 원고를 받고, "센강이나 지하철 레일 위로 떨어뜨리지 않아야 할 텐데(복사본이 없었으니까)"라고 말할 수 없었다. 우리는 그 어느 때보다 서로의 책에 열정적이었다. 에르베가 죽을 때까지 내가 쓴 것 중에 그 글보다 더 좋아하는 것은 없었다. 그는 다정하게도 '모든 친구가 자신의 친구에게 헌정해야 할 책'이라고 광고해야 한다고 했다.

제라르는 내 작품 중 하나의 주인공이었다. 미셸도 마찬가지였고, 그렇다면 에르베는? 우리는 내가 《용감한 짐의 책》을 쓰는 동안에 다퉜는데, 미셸이 죽고 몇 달 후 내가 헤로인에 중독되어 있었기 때문이었다. 나는 헤로인을 복용할 때면 글을 즐겁게 쓸 수 있었고 그 효과가 글에 나타났지만 일상생활을 영위하는 것은 힘들었다. 말 그대로 헤로인의 효과가 나타날 때는 단 1분도 낭비하고 싶지 않았고, 그래서 그때 에르베를 찾는 전화가 오거나 에르베가 나를 방해하면 극도로 예민하게 굴었다. 《사랑한다는 것의 의미》에서는 그토록 존재감이 있었던 에르베가 이 책에서는 등장하지 않았던 것은, 나와 제라르와의 관계가 그와 상관없이 독립적이었기 때문이었다. 미셸과의 관계는 그 반대였다. 물론 나는 절대로 미셸의 책들을 언급하면서 내 책들을 말할 수 없을 것이고, 어쩌면 큰 두려움 없이 에르베의 책을 말하는 것도 몰상식해 보일 수 있을 것이다(그렇지만 두렵지 않은 것은 아니다). 그러나 에르베는 너그러운 마음으로, 비난할 거리를 찾진 않았을 것 같다.

그 관계들을 풀거나 더 엉클어뜨려보자면, 2018년 1월 2일, 폴 오차코브스키 로랑스의 예상치 못했던 죽음으로(에르베의 죽음은 너무도 예측할 수 있었다) 에르베의 죽음이 다시 생생하게 떠올랐고, 그 사건이 그가 편집해주길 바랐던 이 글로 나를 이끌었다. 어느 날, 그가 몸에 밴 우아한 태도로 내게 이야기를 들려줬다. 그가 내 첫 번째 원고를 거절했던 것처럼 언젠가 특수한 상황에서 에르베의 원고를 거절한 적이 있었는데, 그 일을 두고 미셸 푸코가 이렇게 말했다는 것이다. "한 작가를 놓치는 일은 있을 수 있지. 그렇지만 두 명은…." 나는 폴 오차코브스키 로랑스가 나를 기쁘게 해주려고 이야기를 포장했다고 생각하진 않는다.

편집자는 작가를 놓치고, 독자들은 책이 출간되어 무엇이 밝혀진 후에야 자신들의 결정적 의견을 내놓는 경향이 있다는 사실에 익숙하다. 나는 《익명》에 대한 나의 견해를 바꿀 수 있었는데, 내가 그 글에 대해 처음 내놓았던 의견은 출간 후 독자들이 알고 있는 것과 달랐다. 어느 날, 에르베를 기념하는 행사에 파트리스 쉐로와 함께 참석하게 됐다. 나는 그 자리에서 에르베가 죽기 몇 년 전에 그가 그의 '일기'(그때는 제목이 없었다)를 내게 읽어달라고 했을 때 주저했다고 고백했다. 그러자 파트릭 쉐로는 자신이 《연인들의 묘》를 너무 좋아하고 방금 그 책을 낭독하고 왔다고 큰 소리로 외쳤고, 나는 그게 거슬렸다. 예술가가 단순한 예술 애호가처럼 구는 것을 보고 싶지 않았기 때문이다. 내가 읽었던 글은 출간된 책, 그러니까 그가 읽었던 글과는 달랐고, 나는 나의 조언이 한 원고에서 다른 원고로 바뀌는 데 작은 기여를 했기를 바란다. 내가 가장 너그럽다고 생각하는 한 친구에게 지인들의 원고를 읽는 일에 대해 말한 적이 있었는데, 그는 편집자가 되지 않으려는 내 의지와 상관없이 내가 나만의 방식으로 편집자가 됐던 것이라고 말했다.

에르베가 세상을 떠나고 몇 달 후 티에리가 사망했을 때 크리스틴은 에르베의 원고를 발견했고 그중 몇 개를 두고 어떻게 해야 좋을지 내게 물었다. 그 당시 나는 여러 개의 원고를 없애자는 의견을 냈다. 에르베는 마지막 몇 달 동안 여러 책의 출판을 진행했고, 사망 이후에 나올 출판물에 대해 정확한 지시를 남겨두었고, 나는 그가 아무것도 놓치지 않기 위해서 심혈을 기울였다고 생각했기 때문에 우리가 추가로 발견한 것들은 출간용이 아니라고 생각했었다. 크리스틴은 "티에리라면 절대 그렇게 하지 않았을 거야"라고 말했다.

그가 내게 《내 삶을 구하지 못한 친구에게》를 통해 뮈질(미셸)이 어떤 환경에서 그 무한히 많은 책들을 없애달라고 부탁했고 그가 분명히 거절했던 이야기를 들려줬을 때, 나는 그게 나였다면, 미셸이 내게 부탁했다면 그 부탁을 들어줬을 것이라고 말했었다, 나는 확실히 미셸의 글보다는 미셸을 더 좋아했으니까. 그러나 그것은 충분한 이유가 되지 못한다, 에르베도 마찬가지로 미셸을 좋아했으니까. 나는 그의 그런 점이 좋았다. 《갱스터들》에서 저녁을 먹다가 제일 사랑하는 사람이 테러를 계획하고 있다는 것을 알게 되면 어떻게 하겠냐는 질문에 당장 신고할 것이라고 대답했다가 분위기를 싸늘하게 만들었던 일화나, 나라면 그렇게 할 수 없겠지만(그런 비현실적인 딜레마가 일어났을 때 실제 내 행동과 상관없이) 내가 감탄하는 그의 성격 말이다. 우리가 사후에 그의 원고를 어떻게 처리할 것인지에 대해 대화를 나눴을 때, 그는 어떤 때는 내가 책임지기를 원했다가 또 어떤 때는 아니라고 했는데, 하루는 그가 내게 원고를 티에리에게 맡길 것 같다고 말해서 나는 상관하지 않을 테니 걱정하지 말라고, 신경 쓰지 말라고 대답했다. "이제 티에리가 원고를 잃어버리기만 하면 되겠네." 그는 내가 배신을 계획하기라도 했다는 듯이 말했다.

마지막으로 엘바섬에 갔을 때, 에르베는 그곳의 외딴 오두막에 묻히길 바랐다. 우리가 빌라에서 보내는 마지막 여름이었다. 나는 나를 만나러 온 베르나르도와 함께 로마에서 내려왔고, 산타카탈리나에는 티에리와 크리스틴이 있었는데, 베르나르도가 크리스틴과 친해지면서 훗날 나와 그녀도 가까워지게 됐다. 또 그 근처에 집을 빌려서 티에리와 에르베의 친구들, 한 명은 부자고 한 명은 그렇지 않은 두 형제와 그들의 친구들이 머물렀다. 남자들만 우글거리는 환경이었다. 형제 중 부자가 나를 차에 태워 테니스 클럽에 데려간 적이 있었는데, 그때 나는 인생에서 딱 한 번 진짜 테니스 코트에서 테니스를 쳐봤다. 돌아오는 길에는 수영을 했다. 우리가 함께 로마에 머무는 동안 나는 〈리베라시옹〉에 세상을 떠난 토마스 베른하르트의 신작 《소멸》의 서평을 써야 했다. 나는 베른하르트의 어떤 다른 작품보다 그 책을 좋아했으면서도 그것을 읽자마자 젖은 수영복으로 아름다운 차의 시트를 더럽히지 않기 위해 그 책을 거침없이 사용했다. 내가 에르베에게 그 책이 좋다고 얼마나 이야기했는지, 그도 그 책을 읽었는데 아마도 페이지가 마른 후였을 것이다(두꺼운 책이었지만 그는 그리 오래 기다리지 않았을 것이다, 내가 그보다 훨씬 더 먼저 읽기 시작했으니까).

평소와는 다르게 우리는 자주 여럿이서 오두막에서 식사를 했고, 크리스틴은 우리 중에 유일한 여자였다. 유쾌한 저녁이었다. 아마도 그때쯤 에르베가 〈수치 또는 파렴치〉의 촬영을 시작했었을 것이다. 나는 로마의 낯선 길은 산책하는 것이 두려워 망설였지만, 산타카탈리나의 한정된 공간은 좋았다. 에르베의 영상 속에 멀리서 오두막 주변을 혼자 서성이는 실루엣이 보이는 순간이 있는데, 그게 나라고 생각하면 기분이 좋다. 옛날부터 그가 내게 엘바섬에서 있었던 일을 이야기할 때 또는 내가 그곳에 있었을 때 에르베와 한스 조르주가 서로를 견디지 못했던 순간이(내게는 익숙하다) 있었는데, 닫힌 공간에서 지내는 것이 그들 관계에는 도움이 되지 않았다. 우연히 정리해둔 편지함에서 까맣게 잊고 있었던, 내가 그에게 썼던 편지를 발견했다(에르베가 사망한 후에 크리스틴이 내게 돌려준 것이다). 1983년에 오두막에서 에르베에게 답장을 쓴 것으로 "티에르 목 조르지 마, 그럼 문제가 더 심각해지니까"라고 말한 것을 보며 엘바섬의 다툼이 오래된 일이며 늘 있었던 일이라는 것을 떠올릴 수 있었다.

우정은 순환했다. 에르베가 사망한 후에 티에리가 사망했고, 테니스맨 앙투안과 나는 크리스틴을 통해 가까워졌다. 그는 서로 함께 아는 친구로부터 탄생한 전이적 관계의 우정이 대칭적 관계에 있는 우정보다 더 수명이 길다고 했다, 왜냐하면 관계의 힘이 다른 곳에 있어서 서로 다툴 일이 전혀 없으니까. 우리는 다투지 않았고 서서히 멀어졌다. 가장 흔한 우정의 끝이었다. 한스 조르주는 프랑스에 자주 없지만 나는 그와 연락을 주고받는다. 나는 에르베가 불렀던 이름으로 그를 부르지만, 다른 친구들은 그를 그냥 한스라고 부른다. 에르베의 글에서 이니셜이 갖는 의미를 생각하면, 그와 에르베의 이니셜이 같다는 사실이 늘 놀랍다. 이탈리아에서 우리는 모두 가까웠으니까 나 또는 에르베가 한스 조르주가 있을 때 에르베리노라는 말을 한 번도 꺼내지 않았다면 그것은 정말 놀라운 일일 것이다.

"그럴 수밖에 없어."

언젠가 로마에서 내가 에르베와 베르나르도가 친해진 것

을 축하하자 에르베가 그렇게 대답했다. 우리 사이를 위해서 내가 좋아하는 사람을 그가 좋아하기 위해 애쓴다는 다정한 말이었다. 그리고 그는 베르나르도와 문제없이 잘 지내고 있으며, 그렇지 않았다면 친하게 지내지는 못했을 것이라고 설명했다. 그것은 절대 깨지지 않는 일종의 전이적 관계의 우정이었다. 베르나르도는《이니셜》이란 소설을 썼고, 엘바섬에서 보냈던 지난여름이 그 소설에서 중요한 역할을 했다. 나 역시 에르베의 친구들과 부딪쳐서 일을 복잡하게 만드는 짓은 하지 않았다. 한번은 파리에서 에르베 없이 티에리와 단둘이 저녁을 먹게 됐다. 하필이면 그날 에르베의 어머니가 그의 병에 대해 알게 되어서 에르베가 서둘러 돌아가야 했던 것이다. 그날 이후로 다시는 그와 단둘이 저녁을 먹는 일은 없었다. 한스 조르주와는 에르베가 세상을 떠나고도 유일하게 몇 번 만났다. 베르나르와 단 둘이 있었던 적은 한 번도 없었다. 사실상 남자들만 그득한 이 세계에서 내가 내밀한 관계를 맺은 것은 크리스틴뿐이었는데, 그해 마지막 여름, 엘바섬에서 베르나르도를 통해 시작된 이 관계는 에르베의 죽음으로 이어졌다.

나는 에르베가 파리에서 보낸 마지막 몇 달 동안에는 그를 자주 보지 못했다. 그와 한 번도 잠자리를 갖지 않고도 그를 사랑했던 나는 그의 육체가 망가져가는 모습을 보고 싶지 않았다. 그런 마음을 글로 옮겨보니 초라하지만 더 깊이 생각하고 싶지 않았다. 우리는 전화로 대화를 나눴고, 나는 그에게 만남의 주도권을 넘겼다. 언젠가 그의 집에 들렀던 일이 떠오른다.

그곳에 한참 머무르는데 에르베가 내게 그토록 오랫동안 나를 보지 않았다는 사실에 놀랐다고 말했고, 나는 그 말에 무척이나 감동했다(내가 빌라에 들어갔던 첫해, 내 이웃이었던 조각가가 궁과 우리의 숙소 사이를 오가면서 관광객들이 무슨 수를 써서라도 보고 싶어 할 전경을 혼자 보면서 했던 말을 따라 한 것으로, 이 말을 하지 않을 수 없었다. 내가 정말 확실히 느꼈던 것은 무척이나 아름답다는 것이었으니까. 내게는 이 표현 이상으로 그 감정을 설명할 능력이 없다). 그러나 그를 자주 찾아가진 않았다. 우리가 우정을 나누는 동안 우리가 서로의 집에 머무는 일은 드물었고 주로 레스토랑에서 만났으니까. 어느 날 쿠폴에 가기 위해 그를 데리러 택시를 타고 그의 집 앞에 들렀는데, 그가 차에서 내릴 때가 되어서야 그의 상태를 알아차렸다. 그의 야윈 몸은 수용소의 생존자를 연상시켰다. 그는 차 좌석 끝까지 미끄러지듯 움직였다가 두 손으로 다리를 들어 하나씩 차 문 밖으로 옮기고, 차 밖으로 기어 나오기 위해 내가 자연스럽게 내민 손을 붙잡았다.

몇 주 후 파리에 볼일을 보러 온 빌라의 선배들인 에릭과 파투에게 소파를 내주었을 때, 느닷없이 새벽 1시에 전화가 울렸다. 에르베였다. 그는 흥분한 상태였고, 그런 목소리는 처음이었다. 나는 그가 늘 준비했던 대로 생을 마감하려 했지만 실패했고, 누구에게도 도움을 청하지 않았으며 티에리에게도 밤새 같이 있어달라고 부탁하지 않았는데, 막 집에 온 재택 돌보미가 그를 병원에 데려갔다는 것과, 내가 오후에 병원으로 그를 만나러 가야 한다는 것을 알게 됐다. 그의 설명만큼 급작스럽게 전화가 끊기자마자 나는 티에리와 크리스틴의 집에 전화를 걸었고 크리스틴과 통화했다. 티에리는 아직 집에 들어오지 않았고, 내가 전화로 사정을 이야기하자 그녀가 알아보고 다시 전화를 주겠다고 했다. 나는 샤워를 하려고 방을 나왔고, 에릭과 파투와 마주쳤다. 그들은 조금 전에 전화가 울리는 것을 들었고, 내 얼굴을 보더니 전화를 건 사람이 에르베이거나 누군가 그에 관해 좋지 않은 소식을 전했을 거라 확신하며 내게 조용히 물었다. 나는 그냥 '에르베'라고 대답했던 것 같다. 그 말로도 충분했다.

크리스틴은 당일 오후에 에르베를 보러 갈 수 없음에도 불구하고 내게 재빠르게 다시 연락했다. 그녀는 병원이 클라마르에 있고, 차로 가지 않으면 찾아가기 힘드니 함께 가자고 말했다. 두 사람씩 각자 차를 타고 에르베를 보러 갔다. 늦은 오후에는 한스 조르주와 티에리가, 아침에는 크리스틴과 내가. 병원에 처음 갔던 날, 그녀가 주차하고 차에서 내릴 때, 나는 그녀에게 에르베가 내가 오길 바랐던 것이 그 당시 그의 상태 때문이었을 테니, 내가 올라가기 전에 그녀가 먼저 확인하는 편이 더 낫지 않겠냐고 물었고 우리는 그렇게 했다. 그녀가 돌아왔을 때 나는 자동차 안에 있었고, 우리는 파리로 돌아왔다.

에르베가 접시에 포크를 무기처럼 꽂았던 일을 이야기하는 아가타에게 그때 그 일을 들려주자, 그녀는 나는 생각지도 못했던 것을 당연하다는 어조로 말했다, 내가 병원에 있는 에르베를 보고 싶어 하지 않았던 것이라고. 나는 마음이 복잡했다, 그 말이 티에리의 운명 또한 떠올리게 했으니까. 그는 에르베가 죽고 7개월 후에 사망했는데, 아무도 그가 그렇게 빨리 떠날 줄은 몰랐다. 이렇게 말하는 것이 안타깝지만 에르베가 천천히 떠난 것이 그의 이른 죽음에 영향을 미쳤으리라고 생각했다. 그는 아이들이 자신의 아름다운 모습을 간직하기를 바랐고 에르베처럼 망가진 모습을 남기고 떠나는 것을 견딜 수 없어 했다. 나는 알 수 없는 이유로 크리스틴과 그런 감정을 나누는 것이 저급하다고 생각했고, 몇 해가 흐른 뒤에야 마침내 결심 끝에 그녀에게 그 일을 설명했는데, 그녀는 당연한 것이라고 대답했다. 어쩌면 나는 에르베의 그런 모습을 보고 싶지 않았는지도 모르겠다. 아니 그가 내게 그런 모습을 보여주고 싶지 않았는지도.

나는 매일 크리스틴과 함께 병원에 갔지만 차에서 내리지 않았다. 우리는 생자크 지하철역에서 만났고, 그 역 근처에는 사무엘 베케트가 살아서 그것 역시 신기하다고 생각했다. 그의 집은 전철이 터널로 들어가기 직전에 보이는 건물이었다. 그 당시 나는 그가 몇 층에 사는지 알고 있었고, 그래서 그의 집이 어딘지 알 수 있었다. 사무엘 베케트는 아버지에게 너무도 중요한 사람이었고, 그래서 내게도 중요했다. 그 당시 그가 사망한 지 불과 2년 밖에 되지 않았기 때문에(그는 83세에 사망했고 에르베가 병원에 있을 때 그의 나이는 36세였다) 내 안에 여러 감정이 싹텄다. 병원을 오가는 동안에는 크리스틴과 대화를 나눴지만, 병원 주차장에서는 나 혼자였다. 나는 그 사람에 대해 묻기보다는 그냥 거기 있고 싶었다.

로마에서는 글을 쓸 수가 없었다(자비에를 만나기 전까지는 무겁게 가라앉아 있었다). 가장 간단한 것은 이 책을 쓰는 일이었을 것이다, 그랬다면 지금 다른 책이 되어 있었겠지만. 그러나 그것은 단 한 순간도 생각해보지 않았다. 친구들에 대해서는 어떤 글도 쓴 적이 없었으니까. 사춘기 시절에 나는 친구가 없었고, 그래서 문학을 위해 우정을 이용하는 것이 부당하다고 생각했다. 예술이 예술을 위한 것이듯 우정은 우정을 위한 것이어야 했으며, 그래서 평행한 그 두 세계가 만나려면 무한한 기다림이 필요했던 것이다. 에르베와 미셸에 관해서라면 죽음이라는 무한한 시간에 25년이 더 필요했다. (《용감한 짐의 책》은 달랐다. 제라르는 누구인지 알아볼 수 없었고 그 책은 소설이며 30년도 더 넘은 일이기 때문에 그 긴 시간 동안의 우리 관계를 그리지 않는다.) 나는 과거를 이야기했지만 바뀐 것은 없었다. 내가 증인이라 여길 때는 신중해야 했고, 배우라고 느낄 때는 내 역할을 이야기할 줄 알기 위해 시간이 필요했다. 우리가 배우에게 요구하는 것이 그런 것 아니었던가? 설명하기보다는 살아내는 것. 나는 글이 잘 안 써질 때, 내게 부족한 힘과 함께 글 안에서 살지만, 로마에서는 다시 체험하기 힘든 우리만의 방식으로 에르베와 함께 살았다.

크리스틴이 티에리의 집에서 그녀와 한스 조르주(그리고 다른 손님이 한 명 더 있었다)와 함께, 그러니까 에르베의 측근들이 크리스마스이브를 함께 보내자고 나를 초대했을 때, 그것은 내게 그리 유쾌한 소식은 아니었다, 나는 그해 12월 24일을 병원에서 죽어가는 에르베 없이 보내려고 했고, 자비에와 아가타의 집에 초대받아 다가올 파티를 기대하고 있었으니까. 그러나 자비에와 아가타와의 약속을 깼다, 재미는 덜할지라도 내 자리는 에르베의 측근들 곁이었기 때문이다. 늘 그렇듯이 내가 가장 먼저 도착했다. 티에리도 집에 없었다, 그때 그는 한스 조르주와 병원에 있었으니까. 그들이 돌아오기 전에 두 번째 손님이 나타났다. 크리스틴이 내게 새로운 사람이 온다고 알렸던 참이었다. 한스 조르주는 파리에 오면 티에리와 크리스틴의 집이나 에르베의 또 다른 친구인 베르나르의 집에서 지냈는데, 그 자리에 없었던 베르나르는 마라케시에서 만난, 크리스마스를 파리에서 보내기 위해 비자를 발급받은 한 젊은 모로코인을 재워줬고, 한스 조르주가 크리스마스이브에 혼자가 된 그 모로코인에게 우리와 함께하자고 제안했던 것이다. 그는 초대 손님 중에 아는 사람은 없었지만 모로코에서 《내 삶을 구하지 못한 친구에게》를 읽었고, 많은 사람과 함께하는 뜻밖의 크리스마스를 맞게 되었다.

나는 그를 보자마자 사랑에 빠졌다. 그러나 그 밤에는 그를 두고 혼자 돌아갔고, 베르나르에게서 다리를 놓는 능력을 배웠다는 한스 조르주의 도움으로 3일 후에 그를 다시 만났고, 크리스틴이 내게 에르베의 죽음을 알리기 바로 직전에 섹스를 했다. 그것은 마치 베르나르와 한스 조르주, 티에리와 크리스틴, 에르베의 측근들이 이 만남을 위해 동맹을 맺기라도 한 것 같은 우연의 일치였고, 거기에 에르베도 자신의 몫을 한 것 같았다. 라시드가 메디치 빌라의 기숙생이 된 후에, 예전에 마리와 장이브가 살았던 숙소에서 그와 함께 시간을 보낼 때 그때 그 느낌이 여전히 생생했다. 언제나 에르베였고, 언제나 로마였다.

〈리베라시옹〉이 〈에르베 기베르, 선전용 죽음〉이라는 제목의 기사로 에르베의 죽음을 알렸다. 그의 첫 책을 연상시키는 그 제목이 내 눈에는 그가 에이즈를 받아들이는 방식을 비난했던 사람들을 조금 더 깎아내리면서(그는 원하는 만큼, 할 수 있는 만큼 했고, 그들도 마찬가지였다. 에르베에게 반대하는 것이 그들에게 힘을 주는 일이라면 좋겠다. 좋다, 그러나 그를 비난해서는 안 된다) 그의 병보다 앞선 죽음과 그가 맺었던 관계에 대해 말하는 것 같았다. 에르베의 죽음과 라시드의 등장이라는 동시성은 그의 역량이 아니었다고 해도 내게 이상한 감정을 느끼게 했다. 나는 클라마르에서 있었던 에르베의 영결식에는 갔지만, 에르베에게 허락을 구했다고 큰소리치며 영구차를 타고 엘바섬까지 따라가진 않았다(로마였다면 갔을까), 우리는 이미 그 문제에 대해 이야기한 적이 있었으니까. 나는 파리의 모르그(Morgue, 영안실)에서 미셸의 영결식이 끝난 후에 푸아티에 근처에 있는 그의 가족 묘지까지 가고 싶지 않았던 것처럼, 그곳에도 가고 싶지 않았다.

에르베가 떠나고 며칠 후, 한스 조르주는 그가 자신의 죽음을 계획한 것이라고 말했다. 티에리와 그는 에르베의 다이어리에서 'Mort(죽음)'이라 쓴 것을 읽었는데, 그 날짜가 그가 새벽에 내게 전화했던 그다음 날이었다. 그리고 며칠 후 한스 조르주는 그 주 토요일에 내가 에르베의 집에 들르기로 되어 있었는지를 물었다. 그랬다, 그렇게 하기로 약속되어 있었다. 그러니까 'Mort'이라 적혀 있었던 것이 아니라 내 이름 앞의 네 글자 'Math'였던 것이다. 우리는 발가벗은 죽음을 쉽게 수용하지 못하고 그 죽음에 어떤 결정이나 예감을 조합하려 한다(혹은 반대로 아주 예상치 못한 일로 두거나). 갑작스러운 죽음이 찾아오는 순간 모든 것이 뒤엉킨다. 금세 추억들이 들어맞지 않는다. 내가 아는 모든 사람은 내가 에르베와 알고 지낼 때 그다지 친절하지 않았다, 때때로 그들은 우리가 함께 있는 것을 본 적이 없고, 에르베리노에 대해서 아무것도 모르면서도 우리의 관계를 알고 있었다. 그것으로 충분했다. 에르베는 12월 27일에 사망했고, 한 친구가 내가 평소에 누구와 함께 지내는지 모르고 12월 31일 송년회에 나를 초대했다. 내가 이상적인 손님이어서가 아니라 나를 혼자 두지 않기 위해서였다. 장례식은 1월 2일 클라마르 병원에서 열렸다. 그날은 유독 침울했다.

라시드는 크리스마스 휴가가 끝날 때쯤에 모로코로 돌아갔고 언제 프랑스로 돌아올 수 있을지 알 수 없었다. 내가 작가니까 그는 내게 책 한 권을 달라고 했다. 나는 그에게 《용감한 짐의 책》을 줬는데, 내게는 마법 같은 책이었다, 미셸이 죽고 나서야 제라르에게 바치는 글을 쓸 수 있었고, 에르베는 그 책을 무척 좋아했으며, 그 책 덕분에 베르나르도를 만날 수 있었으니까. "이 책이 이렇게 마음에 들지 않았더라면, 내가 너에게 다시 연락하진 않았을 거야." 몇 년이 지나고 라시드가 말했다. 나는 그를 보러 여러 번 모로코에 오갔고(갈 때마다 지옥 같아서 몇 년이 지나자 우리는 가스통 라가프에서 나오는 "계약서, 계약서"와 같은 톤으로, 그보다는 덜 유머러스하게 "비자, 비자"를 외칠 수 있게 됐다), 그가 파리에 다시 오게 됐을 때, 로마에서 샀던 엠프리오 아르마니 티셔츠를 그에게 물려줬다. 그가 그 티셔츠를 좋아했고 나와 다르게 옷 입는 감각이 있기 때문이었다. 그는 그 티셔츠가 에르베로부터 내게 온 것이라는 것을 알고 감동했지만, 나라면 너덜너덜해질 때까지 귀하게 보관했을 그 옷을 때가 되자 거리낌 없이 버렸다. 그게 바로 그였고, 또 그게 바로 나였다.

그가 내 사진을 보고 마음에 들어 해서 이야기를 들려줬다. 평소에는 너무하다 싶을 만큼 사진을 불편해하는 나도 그 사진만큼은 좋아한다. 책이 나오면 늘 언론에 보낼 저작권 없는 사진 한 장이 필요했는데, 에르베가《용감한 짐의 책》의 출간에 쓸 만한 사진을 찍자고 제안해줬다. 나는 그의 집 마룻바닥에 앉았고, 그때 나는 30대였는데 그 사진을 보면 사람들이 20대라고 믿을 수도 있을 것 같다. 나는 책에 넣는 용도로 그 사진을 영원히 간직하고 싶었다. 일단 그 사진이 잘 나왔다고 생각했고, 다시 사진을 찍지 않아도 되기 때문이었다. 시간이 흐르고 P.O.L에서 내가 영원한 청춘의 묘약을 먹은 게 아니라면 지금과 비슷한 모습의 사진으로 바꿔야 한다고 나를 설득했다. 나는 제라르를 위해《용감한 짐의 책》을 썼지만, 내 머릿속에서 그것은 미셸을 위한 것이기도 했고, 의도한 것은 아니지만 에르베와 베르나르도 그리고 라시드를 위해서도 그것을 썼다는 것을 깨달았다. 책에는 내가 몇 년 전에 라디스에게 그랬던 것처럼 한눈에 반한 발랑탕과의 사랑 이야기가 있는데, 소설 속에서는 제라르가 주인공이기 때문에 그와 함께 살았다고 쓸 수 밖에 없었다. 나는 시간이 지난 후에야 내가 이 가짜 역할 속에서 제라르와 발랑탕을 섬세하게 배려하지 못했음을 깨달았지만, 나는 에르베의 독자였고, 진실과 현실 사이에는 접점이 없음을 배워야 했다.

기숙생들에게는 빌라에 머무는 동안 '수학여행'을 갈 수 있는 권한이 주어졌다. 우리는 2학년 때 둘 다 수학여행을 갈 수 있게 됐고, 에르베는 외젠과 이탈리아로 떠났다. 그는 단 한 순간도 나와 함께 떠날 생각은 하지 않았다. 그러나 우리가 처음 만났을 때만 해도 그는 나와 함께 뉴욕에 가길 원했었고, 사실상 그럴 마음이 전혀 없었던 나는 떠나기 며칠 전에 거절하고 말았다. 우리는 각자의 고용주 〈르몽드〉와 〈르누벨옵세르바퇴르〉 그리고 〈리베라시옹〉의 일 때문에 아보리아즈, 베를린, 나폴리, 바스티아, 뮌헨에 같이 갔었고, 엘바섬에서 함께 시간을 보내기도 했지만, 그건 엄밀히 따지자면 여행은 아니었다, 일단 목적지에 도착하면 움직이지 않았으니까. 도시에서 도시로 다니면서 더구나 언어를 할 줄 모르는 나라에서 나는 큰 불안을 느꼈고, 에르베가 동반자를 원하지 않았던 것만큼이나 나도 함께 다니는 것을 원하지 않았다. 그는 여행 중에 내가 여러 이유로 좋아했던 책들을 빌려달라고 했다.

스위스 클럽에서 출간한 플로베르의 청년기 작품 《미치광이의 기억》과 《11월》이었다. 나는 그의 글도 좋았지만 책 자체를 정말 좋아했는데, 셔츠 주머니에 들어갈 정도로 작은 크기로, 미뉘에서 잡지를 만들 때 만났던 스위스 친구 드니에게 선물받았던 것이다. 나는 에르베에게 차마 싫다고는 할 수 없어서 내가 아끼는 책이고 다시 구할 수 없으니 조심해달라고, 잃어버리지 말라고 천 번도 넘게 부탁했지만, 그는 당연히 그 책을 잃어버렸다.《11월》의 마지막 문장은 늘 나를 사로잡았다. 내가 에르베에게 그 문장을 읽어주면서 그도 그 글에 애착을 갖게 되었는데(플로베르의 글이라는 것만으로 좋아한 게 아니라면) 그 문장은 다음과 같다. "마침내, 지난 12월 그가 죽었다. 그러나 그의 죽음은 느리게, 생각하는 힘으로 조금씩, 어떤 신체 기관도 아프지 않고, 우리가 슬픔으로 죽는 것처럼 찾아왔다. 큰 고통을 받은 사람들에게는 그것이 어려운 일처럼 보이겠지만 소설 속에서는 그런 일을 이해해야 한다, 경이로운 사랑만으로도 죽음에 이를 수 있다는 것을." 나는 다행히 문학 외에는 경이로운 것을 사랑하지 않는다. 에르베는 내게 보상하기 위해 갈리마르에서 내가 오랫동안 찾길 원했던 프루스트의 플레이아드 총서 희귀본을 구해줬다.

내가 눈치 없이 에르베에게 플로베르의 문장을 읽어줬던 것일까? 그러나 그는 죽음에 있어서만큼은 눈치가 전혀 없었던 것 같다. 또 하나의 충격적인 일화를 말하자면, 교장이 내가 살찐 것을 알아채기 전 어느 날 나는 에르베에게 살이 쪘다고 불평을 했고, 그는 내게 "그게 뭐가 중요해?"라고 말했다. 내 인생에는 이미 베르나르도가 있고 로마에서 만난 다른 브라질 남자도 있었으니까. 나는 그의 말을 새겨듣고 군말 없이 계속 살을 찌웠다.

빌라에서 에르베의 사교성은 1학년 때와 2학년 때가 달랐다. 처음에는 알랑 그리고 특히 외젠과 친했고,《익명》에 기록했듯이 몇몇 다른 기숙생들과 어울렸다. 내가 왔을 때는 외젠까지 주로 셋이서 어울렸다. 마지막 해에는 기억이 잘 나지 않지만 몇 번 에르베 없이 혼자서 로마에 갔던 것 같다. 그렇지만 에르베가 그곳에 늘 있었다면 자비에와(작가인 파트릭도) 나의 관계가 달랐으리라 생각한다. 나는 일기장에 적듯이 그에게 모든 것을 알렸다, 마치 우리가 아카데미 주변인들의 회고록 또는 문지기인 것처럼. 내가 1학년 때 있었던 일이다. 어느 날 저녁에 우리는 식당에 가기 싫어서 기숙생들을 위한 살롱에서 저녁을 먹기로 하고 티켓을 구입한 후에 아침 9시 이전에 식사를 예약했다. 미리 계획하는 것은 우리 스타일이 아니었지만 시도해보고 싶었다. 우리까지 기숙생 네다섯 명이 모였다. 흰 식탁보가 덮힌 커다란 테이블이 있었고, 상류층의 저녁 식사처럼 우리와 친하게 지냈던 빌라 직원들이 음식을 서빙하고, 우리의 왼편에 서서 대단한 것 없는 음식을 최고의 요리처럼 소개했다. 몇 년이 지난 후, 어느 친구가 들려준 이야기에 그 식사가 떠올랐다(딱 한 번뿐이었다. 다시 그곳에서 식사하는 일은 없었다). 모리스 피알라가 유명한 프로듀서의 집에서 열린 성대한 저녁 식사에 초대받았다. 한 집사가 하얀 장갑을 끼고 음식을 권했고, 그는 그것을 보자마자 그 장갑을 낀 사람에게 말했다. "당신도 아토피가 있나요?"

2학년 때, 새로운 기숙생들을 환영하는 바비큐 파티가 점심시간에 정원에서 열렸고, 나는 그곳에 갔다. 에르베는 로마에 없었지만 내가 전해주는 상황을 들을 수 있었다. 마리와 장이브가 참석했고, 한 기숙생의 애인도 함께 있었는데 유쾌한 사람이었지만 어떤 당황스러운 점들 때문에 그와 친구가 되기는 힘들었다. 그는 마리에게 그녀가 피부가 검으니 포크를 사용하지 않으리라고 생각하며 고기를 손으로 집으면서 이렇게 말했다. "아프리카에서처럼." 또 "어디서 태어났어?"라고 묻기도 했다. 그녀는 "피티비에"라고 대답했는데, 그의 질문은 〈게이피에〉라는 게이 잡지의 초반에 등장하는 앙케트를 떠올리게 했다. 거기서는 앤틸리스 사람들에게 그들이 게이 클럽에 갔을 때 어떤 대우를 받았는지 묻자, 그중 한 명이 말하기를 사람들이 그에게 늘 "어디서 왔어(Tu es d'où)?"라고 물었고, 그래서 그는 "그래, 아주 부드러워(Oui. Très doux)"라고 대답했다고 했다. 악의 없는 인종차별주의가 등장한 사건이 또 있다. 몇 달 후, 어떤 자리였는지 잘 기억나지 않지만 에르베도 그 자리에 있었고 기숙생의 손님들이 함께했는데, 초대한 사람 중 한 명이 아기들이 울자 마치 마리가 유모인 것처럼 그녀를 불렀다(라시드가 빌라에 왔을 때 그보다 먼저 온 모로코 출신 작가들이 많지 않았다). 다행히 장이브는 그런 것을 받아들일 수 없었고, 로마인들이 마리를 돌아보는 것이 그녀가 아름답기 때문이라는 것을 미처 깨닫지 못하고 인종차별이라고 비난하며 그녀를 대하는 태도에 쉽게 분노했다. 그는 한 기숙생이 내가 로마에 자주 없는 게 파리 술집 룸에서 따먹히는 중이기 때문이라고 말해서 그와 대판 싸웠다는 이야기를 내게 들려줬다. 에르베와 나를 둘러싸고 소문이 돌긴 했지만, 그것은 우리를 둘러싼 배경일 뿐이었고, 우리는 병이 미치지 못하는 유쾌하고 가벼운 상황에 오히려 위로받았다.

나는 에르베가 침대에 누워 있는 모습을 보지 못했다. 아마 그도 나도 그런 이유로 병문안을 가지 않았던 것이 아닐까. 그의 집에서 잠을 설치던 밤에도 그가 이불 속에 있는 모습을 볼 수 없었는데, 그는 복층에서 잤고 나는 바로 그 아래층인 1층에서 그의 바닥을 천장 삼아 잤기 때문이었다. 그가 내 숙소에서 잘 때는 그가 아래층에서 자고 내가 욕실과 화장실이 있는 위층에서 잤다. 그래서 우리가 저녁 인사를 나누고 나면 나는 위로 올라와 다시 내려갈 일이 없었고, 아침에 샤워를 마치고 내려오면 그는 이미 일어나서 침대가 정돈되어 있었다(그 마지막 해에 우리는 아침을 함께 먹고 다른 식사도 함께 했다. 그렇지만 대부분은 조촐한 바에서 간단하게 해결했는데, 그곳에서는 온종일 서로 한 잔씩 사는 것 말고는 따로 돈을 내지 않았다. 그런 식으로 마시다가 월말이 되면 모든 기숙생이 외상을 갚아야 했는데, 실제 우리가 마신 것보다 더 붙여서 받았는지 아닌지 확신할 수는 없지만, 어쨌든 우리는 외상을 다 갚았다). 그리고 그가 내 침대에서 로드리그와 잘 때는(그 경우가 맞다면), 그를 배려하기 위해 그가 내려올 때까지 기다렸다가 올라가곤 했다. 여행 중 호텔에서 머물 때는 각자의 룸에 들어가는 일이 거의 없었다. 내가 그에게 성적 욕구를 느꼈기 때문일까? 그런 욕구는 없었다. 어쩌면 있었는지도 모르지만, 그가 아름답다고 해도 내 스타일은 아니었고, 누군가에게 접근해서 가까워지는 일은 내게 엄청난 모험이어서 보통 이상의 충동이 필요했다. 기숙생이 되기 전 몇 해 동안 한 포토그래퍼 기숙생이 에르베를 빌라로 초대했고 우리는 둘이서 다리 쪽에 있는 방에서 함께 잤다. 같은 침대에서 잤냐고? 아마도 그랬을 것이다. 우리는 엘바섬에서 나체로 함께 수영을 하기도 했다. 그러나 그가 자신의 원고와 몇 번이나 읽고 또 읽어야 하는 교정지를 내게 주기 시작했고 그 과정에서 끈끈하게 이어졌으며, 그 당시 내 파리의 아파트가 의자를 하나 더 놓을 수도 없을 만큼 작아서 내가 본 교정지를 침대에 나란히 누워 함께 봐야 했어도, 어쨌든 서로의 침대는 일종의 성소였다.

에르베가 기숙생이었을 때, 그의 숙소는 '오렌지 나무의 정당한 권리'라고 불리는 골목 끝에 있었다. 그곳은 낮에는 아름다웠지만 밤에는 음산했다. 빌라에 있는 골목이 아니었다면 위험한 장소가 되었을 것이다. 에르베는 그곳에 가로등을 설치해 달라고 요구했지만 당시에는 받아들여지지 않았다. 10년 후에 라시드가 기숙생으로 있을 때 아카데미에 돌아와보니, 에르베가 죽은 후에야 그의 요구가 관철되었음을 알 수 있었다. 가장 이상했던 것은 그 끝도 없는 골목이었다. 미셸이 에르베를 위해 쓴 책에 나온 것처럼 내 기억에도 긴 골목이었는데, 어릴 때 크다고 생각했던 방이나 물건이 어른이 돼서 다시 보면 그리 크지 않은 것처럼 내가 기억하던 것보다 훨씬 짧게 느껴졌다. 그러나 내가 기숙생이었을 때 아이는 아니지 않았던가. 아니 우리는 아이였던가? 빌라는 달아나는 젊음을, 에르베에게는 거대하고 빠른 물살 같은 젊음을 다시 깨웠던 것일까? 그리고 우리가 전혀 다른 규모의 불안 앞에서 자신의 자리, 자신의 소굴을 지키는 데 애쓰는, 말썽을 피울 생각으로 고민하는 악동들로 살 수 있었기 때문에 무거울 수 있는 분위기가 가벼웠던 것이 아닐까?

《사랑한다는 것의 의미》가 나온 이후로 독자들은 미셸과 에르베를 언급하며 내가 그런 사람들을 알고 지낸 것이 얼마나 행운인지 자주 이야기했다. 그리고 나 역시 오랫동안 그것을 증명하는 것에 만족했다. 그래, 내 인생에서 얼마나 아름다운 일이었던가. 얼마나 좋았던가. 그러나 시간이 갈수록 짜증이 났다. 그들의 어조에는 그 우정은 순전히 우연으로 만들어진 것이고, 내가 아니라 다른 누구라도 그들을 만났다면 친구가 되었을 것이라는 뉘앙스가 있었고, 무엇보다 그 두 사람이 죽지 않은 것처럼 말했기 때문이다.《사랑한다는 것의 의미》에도 썼지만, 미셸을 만난 것은 내게 큰 행운이었고, 그러나 그보다 더 큰 행운은 그와 우정을 나눴다는 것이다. 당연히 에르베도, 세상을 떠난 내가 사랑했던 모든 다른 존재들도 마찬가지다. 그러나 자연스러운 세대교체는 에르베가 나와 다른 운명을 지는 모습을 볼 준비할 시간을 주지 않았다. 초반에 그토록 즐거웠던 우리들의 장난은 유쾌한 죽음의 발단에 자리를 내어줬고, 내게는 다행스러운 일이지만 우리는 역할을 공평하게 나누지 못했다. 이전에는 누군가와 함께 산다는 것에 대한 정의가 달랐기 때문에 그가 세상을 떠나고 시간이 많이 흐른 후에야 그와 내가 로마에서 거의 함께 살았다는 사실을 깨달았다.

내가 빌라에 왔을 때 에르베는 모두를 알고 있었다. 에블린과 미첼레나, 또 교장과 그의 아내, 친근하게 지내던 행정부의 다른 직원들, 방 수리를 담당하던 사람들, 배관공, 전기공까지. 거기에 문지기인 사이드와, 기숙생들을 위해 빌라의 자질구레한 일을 담당하는 역할로 고용되었지만 이탈리아 직원들이 혜택을 누리는 것을 우선시해야 했던 교장의 관리인 루이지에게는 특별한 애정을 보였다. 이탈리아 직원들의 숙소는 공원에 위치했고, 숙소보다 직원 수가 더 많아서 살고 싶어 하는 사람들이 있어도 일반적으로 가족의 근속 연수에 따라 숙소가 주어지기 때문에 아버지가 아들에게 거주의 권한을 물려주기 위해 자기 능력보다 더 많은 일을 해야 할 때도 있었고, 그래서 때때로 일종의 쇠퇴가 엿보이기도 했다.

에르베는 초반에 기숙생들과 덜 가까워 보였다. 그는 가장 귀한 손님들이 머무는 터키 방, 추기경의 방 같은 곳에 자신의 손님들이 머물 때마다 열쇠를 챙기면서 말 그대로 방탕한 고등학교 기숙생처럼 흥분했고, 위층까지 힘을 들이지 않고 올라갈 수 있는 교장 전용 엘리베이터 열쇠도 손에 넣었다. 건너편에는 타워라고 불리던 방이 있었다. 그 방은 궁의 꼭대기에 있어서 로마가 한눈에 내려다보였는데, 기숙생의 방이어서 열쇠를 얻을 수 없었다. 그 방을 얻은 기숙생은 자랑스러워했지만, 100개가 넘는 층계를 오르내리는 일은 지옥 같았고 해가 내리쬐면 방 안이 숨 막히게 더웠다. 게다가 너무 높아서 우리가 아름답다고 생각할 수 있는 전경임에도 생명력이 없었는데, 사람들이 오손 웰스의 영화 〈제3의 인간〉에서처럼 커다란 바퀴 속의 오손 웰즈나 개미, 곤충처럼 보였다. 우리 눈에는 내가 2학년 때 머물던 지붕 위의 내 방에서 보는 풍경이 훨씬 더 매력적이었다. 우리는 그것으로 마치 우리가 가장 큰 권한을 가지기라도 한 듯 다른 사람들을 놀리며 즐거워했다.

기숙생들의 살롱은 너무 지루할 때 누군가를 만날지도 모른다는 희망으로 어슬렁대기 위해 가는 곳이었다(나는 가끔 그곳에 갔지만 에르베는 볼일이 있지 않고서는 절대 가지 않았다). 살롱은 바와 도서관 바로 옆에 있었는데 엄청나게 매력적인 곳이었다. 양쪽으로 정원이 보이는 좁은 돌출부가 있었고, 책의 대출카드에서 때로는 유명한 사람의 이름을 발견하기도 했으며, 그들과 똑같은 책을 읽는다는 게 재미있었다. 에르베는 그가 프랑스 도서관 사서와 이탈리아 도서관 사서에게 얼마나 미쳐 있었는지를 들려줬다. 그녀들과도 특별한 관계를 맺었기 때문이었다. 나는 그곳이 성공적인 장소라고 말할 수 있을 뿐, 더 자세히 묘사하거나 정의할 수 없다.

두 번째 해에는 기숙생들이(자비에의 주도였던 것 같다, 그렇게 기억하고 있어서가 아니라 그럴 법해서 하는 말이지만) 도서관 문 바로 앞에 탁구대를 설치했는데, 어쩌다 공을 놓치면 열린 문을 통해 도서관 안으로 탁구공이 들어갔고, 문이 닫혀 있을 때면 거의 들리지 않았을, 공이 튀어 오르는 그 특유의 소리가 커다랗게 울렸다. 공부하기 위해 자신의 시간을 쓰는 기숙생과 공부를 하지 않기 위해 자신의 시간을 쓰는 사람 사이에는 영원한 갈등이 있었다. 나는 의도하지 않았지만 공부를 하지 않는다고 해서 즐기는 것도 아니라는 걸 보여주는 산 증인이었고 에르베는 그 반대였다. 그는 빌라에서 무척 행복했고 그래서 나를 사랑할 수밖에 없었다. 그렇지 않았다면 마지막 해에 그곳에 있지 않았을 것이다. 격정의 시간은 지나갔다. 그의 상태가 가장 심각했을 때는 파리로 완전히 돌아간 후였고, 내가 로마에 있는 동안에는 병세의 악화를 미룰 수 있었다.

그는 로마에서 죽어가고 있었을까? 전혀 아니다. 그곳에서 그는 죽지 않을 것만 같았다. 기숙생들 사이에서 이탈리아 병원에 대한 불신은 늘 있었고, 그래서 방법은 간단했다. 에르베는 병원에 거의 가지 않았던 것이다. 혈액검사만 하면 됐으니까 갈 일이 없었고, 현지에서 프랑스에서 처방받은 약을 구했다. 그의 상태는 달라지지 않았지만 그에게 로마는 아직 끝나지 않은 휴가이자(그 휴가를 충실히 보냈으며) 빌라, 그만의 돌체비타였다. 그는 그만의 방식으로 살았고, 그만의 방식으로 죽었다. 그것은 삶을 살아내는 용기이자, 죽음을 마주하는 용기였으며, 그것이 엉켜지고 풀어진 것이었다. 그는 자기 죽음을 보길 원했고, 그래서 제일 앞자리를 지켰다, 닿을 수 없는 세계에 이를 때 모든 걸 놓아버리기 위해 자신의 인생을 그토록 관찰한 것이라면 그것은 아주 멍청한 짓이지 않겠는가. 로마 때문도 빌라 때문도 아니었다, 그저 아직 때가 오지 않았던 것이었을 뿐. 내가 왜 이 글을 쓰는지 모르겠다. 갑자기 소설이 됐지만 이토록 마음에 와닿는 것을 보면 정확한 건드려야 할 곳을 건드린 듯하다.

하나뿐인 죽음을 어떻게 나눌까? 에르베는 아무것도 할 수 없다는 것을 잘 알면서 티에리와 크리스틴보다 몸 상태가 더 좋지 않다는 것에 일종의 가책을 느꼈다. 티에리가 자신보다 조금 더 살고, 크리스틴은 그보다 훨씬 더 오래 살게 되리라는 것을 상상하지 못했던 것이다. 그는 그들이 더 이상 발견할 것은 아무것도 없다는 듯이 이미 끔찍한 길을 세세하게 묘사하고 그들이 앞장서서 탐색하며 나아가야 할 길을 망쳐서 불행을 더했다고 생각했다. 그는 자신의 의지와 상관없이 그들에게서 무언가를 훔치는 듯한 느낌을 받았다. 그는 때때로 결말을 뻔히 알면서 맞서는 정찰병처럼 이 재앙에서 최악의 몫을 가졌고, 동시에 이 낯선 질병의 한가운데에서 새로운 것을 탐험하며 최상의 것을 갖기도 했다. 그가 모든 과정을 직접 경험하며 그토록 구체적으로 이야기했기에 그들에게는 더 이상 새로울 게 없었고, 아무것도 보장할 수 없는 그의 흔적을 그저 따라갈 수밖에 없었던 것이다.《내 삶을 구하지 못한 친구에게》에서 그는 새로운 약에 대한 희망으로 싸웠지만 그 희망은 결국 사라졌고, 티에리와 크리스틴이 자신과 같은 운명일 수밖에 없다고 생각했다. 그는 무엇이든 할 준비가 되어 있었던 것은 아니었지만, 그의 노력이 그들에게 도움이 될 수 있도록 모든 것을 시험해볼 준비는 되어 있었다. 죽기 전 몇 달 동안 그와 가깝게 지냈던 그의 누이는 그가 회복이 불가능한 상태라는 것을 분명히 알았지만, 기적의 약이 나타나지 않을까 하는 마음에 연명치료를 수락했다. 그러나 에르베에게 죽음은 시간문제였다. 한편 에르베는 크리스틴이 살게 되리라는 것은 상상도 하지 못했다.

티에리와 크리스틴이 HIV 보균자라고 해도 그들과 죽음을 나누는 것이 그에게는 이미 불공평한 일이었는데, 그렇다면 나는 그의 죽음을 어떻게 나눠 가져야 할까? 내가 가져가야 할 몫은 무엇일까? 이 비상식적이고 불쾌한 질문이 찾아왔다. 그는 빌라라는 폐쇄된 세계에 살았다. 우리는 대부분의 시간을 실내에서 보냈고, 그를 제외한 모두가, 기숙생들, 행정부 직원들, 청소부들이 그가 죽으리라는 것을 알았다(병원이나 양로원과는 달랐다). 그는 마지막에 멀리서도 눈에 띄는 빨간 모자를 쓰고 다녔는데 그 때문에 사람들은 멀리서도 그를 알아볼 수 있었다. 모자는 그에게 주도권을 되찾아줬다. 그것은 병에 걸리지 않기 위한 거리두기였다. 나는 줄곧 그의 죽음에 어떤 태도를 보여야 할지 몰랐다. 언급하거나 영향을 받는 것, 그것은 용기가 아니었다. 그의 용기 안에 나의 자리는 없었다. 나는 언제나 우리 관계의 중심에 있었던 바보 같은 또는 영리한 기쁨을 유지하는 것보다 더 나은 것은 없으며, 그것이 그다지 나쁘게 보이지는 않으리라 생각했다. 기쁨에 내어줄 자리가 없을 때도 거기에 있으려고 노력했지만 확신은 없었다. 나는 우리가 사랑하는 사람을 보내고 어떻게 살아남는지, 무엇을 상상하는지 알고 있었다, 모두가《11월》의 주인공은 아니니까.

한동안 위키피디아에 기재된 내 정보에 내가 에르베와 함께 빌라에 간 것으로 나와 있었는데, 내게는 그 말이 잘못된 것처럼 느껴졌었다. 마지막 해에는 에르베는 기숙생이 아니었고 나는 기숙생이었으니까 논리적으로 에르베가 나와 함께해줬던 것이다. 에르베가 사망하고 2, 3년 후, 르네 드 세카티가《동반자》라는 글을 발표했다. 그는 나도 알고 있는(르네와 나는 연인이었다) 한 작가 친구가 에이즈로 죽었고, 죽어가는 그가 글을 쓸 기력이 없어 자신에게 유작《병원에서 벌이는 죽음과의 사투》를 맡겼다고 이야기했다.《동반자》는 구체적이면서 문학적이었지만, 내게 그런 일은 일어나지 않았다. 에르베는 병원에서 보낸 마지막 몇 주를 제외하고는 마지막 힘을 다해 자신의 상태를 썼고, 내가 알기로는 의사들의 용기가 에르베의 용기에 미치지 못했지만, 내가 그것을 말하기에 적합한 사람은 아닌 것 같다. 나는 그가 이전에 병원에 입원해 있을 때 병문안을 한 번도 가지 않았다, 그가 내가 찾아가는 것을 원하지 않았으니까. 그래서 그가 마지막으로 내게 전화를 걸어 당장 와달라고 한 사실이 더 놀라웠다. 지금 내게는 사실과는 별개로 에르베가 빌라까지 나와 함께해줬다고 말하는 게 거만하게 느껴진다. 어떻게 그렇게 됐는지 모호하긴 하지만, 내가 에르베가 가는 길에 동행했던 게 맞는 것 같다. 그가 이미 빌라에 살고 있었을 때 나는 마침내 그의 축하를 받으며 시험에 합격했고, 분명 나도 기뻤지만 그 역시 기뻐했다, 내가 로마에서 보낼 새로운 2년 동안 그의 동반자가 되는 것이었으니까. 그러니까 나는 때에 따라 그의 크고 작은 성공을 함께했고, 말하자면 그것이야말로 아무것도 쓸 수 없었던 로마에서 내가 해야 할 일이었던 것이다.

빌라는 늘 그곳에 비극적 운명을 일으키거나 그 운명과 함께했다. 이른 출산을 하고서 아기를 고층 창문에서 던져버리려고 했던 한 기숙생의 반려인에 대해 총장은 에르베와 내가 생각했던 수준을 그대로 드러내며 이렇게 말했다. "이렇게 아름다운 곳에서 어떻게 우울증에 걸릴 수가 있지?" 《익명》에는 살인자가 등장하고 이탈리아 경찰들이 한 기숙생을 그 사건에 연루시키려 하는 이야기가 나온다(에르베가 순수하게 지어낸 이야기가 아니다). 내가 중세 시대 군주 같았던 건축가 기숙생에 대해 말했었다면, 지금 말하려는 또 다른 건축가는 성격이 좋았다. 자비에가 떠나면서, 정원을 힘들게 걷지 않고 스페인 광장의 계단을 덜 올라가려고 장만했던 스쿠터를 그 건축가에게 비싼 가격으로 팔았다고 내게 신나게 이야기한 적이 있었는데. 그 건축가가 빌라를 떠나고 20년 후, 딸과 딸들의 친구가 아래층에서 노는 동안에 자신을 떠나려는 아내를 죽였다. 언젠가 그가 감옥에서 나온다면 아마 노인이 되어 있을 것이다. 여러 사건들이 큰 여파를 미쳤고, 내가 라시드와 그의 여자 친구에게 내가 그 옛 기숙생을 어떻게 알고 있는지를 이야기했을 때, 충격을 받은 그녀가 그런 일을 저지르는 사람들은 어디에서 나오냐고 물었는데, 그곳이 바로 여기다. 빌라에서 에르베는 행동하는 죽음이었다. 어쩔 수 없었다. 우리가 정부나 정의를 두고 시민에 의해, 시민을 위해서라는 말을 하는 것처럼 죽음도 그에 의해서, 그를 위해서 존재했다. 죽음은 그곳에 있었다, 어떤 심리도 어떤 치료법도 없이. 그가 내 숙소에서 죽었다면 그것은 행정부의 말처럼 에르베가 마지막으로 날리는 한 방이었을 것이다. 그러나 로마에서 그런 일은 일어나지 않았다. 에이즈는 내 주변을 망가뜨리지 않았고, 그때만 해도 나는 죽음을 많이 겪어보지 못한 나이였다.

나는 로마에서 산 기간이 길었고, 그 시간이 군데군데 잘려나간 것처럼 헷갈리는데, 그것이 아주 틀린 것은 아니다. 내가 마치 우리가 바보 같은 짓만 하고 다닌 것처럼 이야기했지만 실상은 그렇지는 않았고, 우리가 고약했던 것 같지만 대체로 친절한 편이었다. 서로에게만 그랬던 것이 아니었다. 한쪽에는 삶이 다른 한쪽에는 죽음이 있는 것처럼, 건강이 죽음을 마주하는 것 같았지만 사실은 전혀 아니었다. 우리의 관계는 로마에서든 파리에서든 다르지 않았다. 예전부터 가깝게 지냈고, 그것이 로마에서도 이어졌으며, 우리가 두 도시를 오가던 시기에 파리에서 꽃을 피웠다. 그러나 파리에서 자주 만났을 때도 늘 붙어 다녔던 것은 아니었다, 우리에게는 선택권이 있었으니까. 로마에서도 마찬가지였다. 에르베는 내게 무거운 존재가 아니라 오히려 그 반대였다(역설적이지만 시간이 갈수록 나도 그에게 그런 존재가 아니었다). 그 예로 한번은 그의 애인, 로드리그가 있는 게 거슬려서 우리가 더는 보지 않는 것이 좋겠다고 말한 적도 있었다. 내가 졸업하던 해에는 모든 기숙생들과 그들의 반려인들이 에르베에 대해 말할 때마다 너무도 자연스럽게 에르베의 이름을 부르며, "그는 여기에 있었어, 아주 가까운 곳에"라고 말했다. 어쩌면 내가 체류 기간을 헷갈릴 수는 있겠지만 그의 존재감만큼은 제대로 말한 것 같다.

《내 삶을 구하지 못한 친구에게》는 내게 일종의 순수한 경외심을 불러일으켰다. 그는 자신의 삶을 탁월하게 쓴 후에 자신의 죽음을 쓰기 시작했고, 나는 아이처럼 나의 감정에 빠져 그가 그런 책을 쓸 수 있었던 것은 모든 게 다 거짓이기 때문이고, 그러니 그 글은 문학적 가치로만 남을 것이며, 에르베는 죽지 않을 것이고, 그와 우리 앞에 아직 긴 시간이 남아 있을 것이라고 마법을 기대했다. 아버지의 장례식에 아버지의 누이와 두 형제가 오셨다. 갑작스레 돌아가신 아버지와 달리 형제 중 한 분은 오래전부터 몸이 좋지 않으셨고, 건강하신 삼촌은 다른 형제가 자리를 뜨자 이렇게 말했다. "누가 로랑이 제롬보다 더 오래 살 거라고 생각했겠니?" 그때가 에르베가 떠나고 10년 후였는데, 나는 그 당시 그런 생각을 했었다. 나쁜 의미로 모든 일이 일어날 수 있다고 믿었던 것이다. 에르베가 나보다 더 오래 살 수도 있었다고 생각했다, 내가 교통사고를 당하거나 더 치명적인 병에 걸릴 수도 있는 것이니까. 마지막에 에르베는 죽기를 원했고, 그의 모든 지인들이 내게 그 이야기를 몇 번씩 들려줬으며, 그것은 그가 내게 마지막으로 전화했을 때 밝혔던 뜻이기도 했다. 그러나 그때는 그가 아직 병과 싸워야만 했을 때다. 안락사를 반대하는 이들과 죽어가는 사람의 바람과 그를 사랑하는 사람들의 서로 다른 바람이 복잡하게 뒤섞이지 않았고, 모두의 뜻이 일치했다. 그러나 그토록 가까운 사이였던 우리가 둘 중 하나가 죽는다고 왜 멀어져야 하는가? 시간이 흐른다고 우리 사이가 어떻게 달라지겠는가? 멀어졌다 가까워졌다 한다는 것인가?

우리는 어린 시절에 대해 거의 이야기하지 않았다. 각자의 사춘기 시절 사랑에 대해서는 몰랐다. 상대의 현재 연애에 대해서는 잘 알고 있었지만(어쨌든 내 연애에 대해서는 그가 알고 있었다), 우리가 만나기 이전 에르베의 연애에 대해서는 알지 못했다. 우리가 처음 만났을 때만 해도 순진했던 나는, 그가 몇 해를 방탕하게 보내며 자유분방한 성생활을 즐기고 다양한 경험을 했으며 거기에는 마약도 포함되어 있으리라 상상했다. 내 말이 틀렸다고 하는 사람은 없었지만(우리가 만난 직후 내가 그를 쉬운 사람이라고 생각했을 때 그는 내게 "나는 쉬운 남자가 아니야"라고 말했다), 어느새 나는 지나칠 정도로 마약에 대해 잘 알게 됐고, 에르베는 그렇지 않았다. 하지만 그가 내 상태를 있는 그대로 쉽게 받아들였던 것을 보면 그도 마약을 잘 알고 있거나 가끔씩 했다고 짐작할 수 있었다. 《선전용 죽음La Mort propagande》은 몸과의 아주 특별한 관계를 보여주고, 그래서 그 몸은 비범한 모험을 경험하게 되는데, 그 경험이 만천하에 공개되면서, 상상일 뿐이었지만 그것만으로도 충분했다. 내가 에르베를 만나자마자 처음으로 읽었던 그의 책 1쇄 커버의 뒤표지에 인쇄된 문장은 다음과 같다. "《선전용 죽음》은 쾌락에서 끝나지 않는 사랑의 행위가 맺는 관계다. 그러나 그것은 살인 안에서 죽음 속에서 그리고 그 이상에서도 계속된다. 그것은 살인자의 몸이며 살해당한 몸이 뒤섞이며 말하는 것이다." (〈리베라시옹〉이 그의 부고를 알리기 위해 신문 타이틀에 그의 첫 작품의 제목을 쓴 것은 분명 좋은 선택이었다.)

《나의 부모님》을 향한 나의 감탄과 그 글을 읽으면서 느꼈던 충격은 에르베가 〈마스크〉라는 잡지에 먼저 발표했던 발췌문 때문이기도 하다. 그는 그곳에 그의 콤플렉스였던 가슴에 함몰된 부위를 언급하며 첫사랑 이야기를 했다. 나도 그 부위를 잘 알고 있었다, 그가 계속 싫어했으니까. 그가 그 부위를 보여주는 데 덜 주저하게 됐다면 그것은 다른 누군가의 가슴의 혹으로 메웠기 때문이었을 것이다. 잡지에 실린 그 발췌문의 제목은 〈머리 꼭대기에 있는 제일 노란 머리카락〉이었고, 나는 제목이 감상적이라고 에르베를 놀렸지만, 감상적인 것과는 거리가 먼 원고 전체의 폭력성을 발견하면서 그 글을 완전히 다시 보게 됐다. 거기에는 머리카락에 대한 에르베의 태도가 있었다. 그는《내 삶을 구하지 못한 친구에게》에서 언젠가 그가 곱슬머리를 자르고 나타나자 뮈질이 놀라서 숨을 가다듬어야 했던 사건을 언급하며 미셸이 놀랐던 일을 이야기했다. 나는 에르베가 변신한 모습을 처음으로 보았을 때 조금이라도 놀랐던 기억이 없다. 내가 그걸 알아챘는지도 확실하지 않다. 피츠제랄드식으로 "에르베가 머리카락을 잘랐다"는 아니었다. 아버지는 당신의 아버지처럼 대머리였고 나도 에르베처럼 대머리가 될까 두려웠다. 그러나 그것은 이론적인 것이었고, 시간이 가면서 그런 걱정은 하지 않게 됐다. 우리가 처음 만나 내가 에르베에게 사랑에 빠졌을 때 그의 외모가 내게 추상적으로 보였던 것과 마찬가지로 말이다. 그는 아름다웠고, 그것은 명백했으며, 내 몸은 그 이상의 디테일을 요구하지 않았다. 나는 아무 고통 없이,

어떤 쓰라림 없이 그와 절대로 자지 않았고, 그것은 그의 세심함과 지성 덕분이었지만 동시에 우리의 관계가 그에게 그렇듯이 내게도 만족스러운 것이었기 때문이다. 내가 말했듯이 섹슈얼리티는 내게 결론이 아닌 하나의 수단이었고, 그것이 없었다면 나는 그를 그토록 잘 알지는 못했을 것이다. 나는 익숙함에 무뎌져 오랫동안 그가 육체적으로 망가진 것을 알아채지 못했다, 왜 내가 그의 헤어스타일을 신경 써야 하는가? 로마에서 그가 미용실에 갔던 기억은 전혀 없다(나도 간 적이 없다). 미용실에 대해 말한 적도 없었고, 다녀온 것을 내가 확인한 적도 없다. 그는 에르베였고, 그만의 아름다움을 가지고 있었으며, 사실상 내게 그 아름다움은 변함이 없었다, 에르베였으니까. 그는 그만의 방식으로 행동했고, 그의 아름다움도 마찬가지였다.

파리에서 우리가 서로의 집에 가는 일은 드물었다. 로마에서 첫해에는 서로의 집에 가지 않는 날이 거의 없었는데 우리는 서로를 데리러 가고 데려다줬다. 우리는 그 일을 멈추지 않았다. 문을 두드리는 일은 즐거움이었다. 정확히 말하자면 우리의 집이 아니라 그저 우리에게 제공된 숙소였지만, 그래도. 두 번째 해에는 그러니까 그가 내 집에서 살았다. 에르베가 있었지만 서류상으로는 내 집이었다. 그는 빌라의 그림을 가져다가 공간을 장식해도 된다는 것을 알고 있었고, 어느 창고에서 다비드의 진품이 아닌 어느 기숙생이 그린 복제품을 찾아냈는데, 그것을 그의 사진에서 그 그림을 다시 만났을 때 기뻤다. 그 집은 내 집이 맞았다. 나는 그가 없어도 그곳에서 지낼 수 있었지만 그는 내가 없이는 절대 오래 머물지 못했다, 마치 그것이 자기 소멸의 증거라도 되는 것처럼. 에르베는 미셸이 마지막 순간에 목표했던 그 운명을 강요받았지만, 오히려 자신의 약해진 몸을 노출증 환자처럼 전투적으로 드러내는 것에 만족했고, 그것은 다름 아닌 용기였다, 왜냐하면 그 전투적인 태도는 이미 형성된 입장과 조우하지 않고 내가 정의할 수 없는 것 그러니까 병과 문학, 삶과 죽음, 개인만의 고유한 정체성, 그리고 절대 나눌 수 없는 그만의 몫이지만 문학 안에서 나눌 수 있는 어떤 것을 창조했으니까. 내게는 그가 내 집에서 살았다는 것과 그가 작품을 쓰는 데 최고의 환경이 그곳에 갖춰져 있었다는 것 그리고 그의 삶과 죽음이 그곳에서 활짝 폈다는 것(다른 방법이 없었으므로)만으로도 자랑스러울 이유가 충분했다. 그곳은 내 집이었지만 우리의 집이었을 때 나는 기뻤고 자부심을 느꼈다.

로마에 대해 쓰는 것은 내가 감히 쓸 수 없었던 모든 것을 통과하는 일이다, 에르베를 나만의 것으로 만드는 것은 너무 어려운 일이고, 그런 일을 해야 하는 것이 글쓰기이니까. 그리고 그것은 우리가 둘 다 안정감을 분명하게 느낀 순간에, 그가 자신의 격분한 글에서 드러냈던 분노와 그 이후에 찾아온 것에 대해 쓰는 일이다. 그것은 또한 쓰지 않았던 것을 쓰는 일이며, 경쟁의 위험을 감수하지 않는 것이다, 자신에 대해 그토록 많이 썼던 에르베를 다른 사람의 책에서 만나는 것은 이상할 테니까,

그리고 여기서 그 다른 사람이란 결국 나니까. 소용없는 짓이다. 글을 쓰는 게 행복하지만 그가 무척 그립다. 나는 그의 걸음이 보이고 그의 목소리가 들리지만, 그런 것들은 글을 쓰는 데 아무런 도움이 되지 않는다. 제대로 보이지도 선명하게 들리지도 않으며 나는 여전히 그런 것을 나눌 수 없다, 그럴 수가 없다. 268. 그의 숙소 인터폰 번호가 생각난다. 다른 번호는 몰라도 그 번호만큼은 하루에 몇 번씩 눌렀는지 모른다. 우리는 전화를 받기만 해도 서로 웃음을 터뜨렸다, 그 시절에는 화면에 번호가 뜨지 않았지만 수화기 끝에 서로가 있는 게 당연했으니까. 특히 아무것도 제대로 작동되는 게 없어서 기숙사 거실의 티브이를 켜려면 이것을 뽑고 저것을 꽂고 해야 했던 빌라에서 말이다. 로마에 대해 쓰는 것은 써야 할 이유도 쓸 생각도 없었던 단어를 너무도 덧없는 영원 속으로 아주 되돌려 보냈던 시절에 대해 쓰는 것이고, 죽음의 당사자가 내가 아닌 시간, 무슨 마법인지는 모르지만 놀라울 것은 없는 어떤 현상에 의해 죽음이 내 앞이 아닌 다른 곳에 집중되어 있었던 시간에 대해 쓰는 것이다.

나는 클레르에게 이 원고에 대해 말했고, 그녀는 내가 로마에 대해서만 이야기하려고 한다는 것에 놀랐다. 나는 에르베를 알게 되고 얼마 지나지 않아 그녀를 알게 됐는데 그것은 그녀가 〈르몽드〉에서 에르베의 가장 친한 친구였기 때문이었다. 내가 그녀에게 본래 나의 계획을 알려주면서, 현대 출판물 보관소에 에르베의 사인본을 기증하겠다고 이야기했을 때, 그녀는 그 책들에 내 주석을 달아 아무도 읽지 않을 그곳에 묻어두는 게 좋은 생각이 아니라고 했다. 나는 세월에 따라 쌓인 에르베의 사인본에 부록을 만들어서 우리 관계를 설명할 생각이었다. 그녀는 내 말을 잠자코 듣기만 했다.

나는 별안간 에르베를 연구하는 이들이 서투르다는 것을 깨달았다. 그들을 위해 에르베의 사인과 주석이 있는 책을 제공하려 했던 것은 아니지만, 그들이 그걸 이용한다면 행복할 것 같았다. 그런데 왜 그런 것일까? 나도 모르겠다. 관계를 설명하고 우정이 무엇인지 전달하려는 사람들은 늘 있었다. 나의 무능력함을 변명하기 위해서일까. 나와 에르베의 관계를 처음부터 끝까지 쓸 수는 없을 것 같다. 기쁘게 할 수 없는, 극복할 수 없는 일, 알 수 없는 이유로 거의 존재론적인 관점에서 나를 초월하는 그 엄청난 일이 나를 짓누른다. 쓰고 싶지 않다. 그것은 그 일을 하지 않을 좋은 이유다, 물론 글이란 것은 자주 우리가 쓰고 싶지 않은 것으로 우리를 이끌고 가거나 또는 그 반대이기도 하지만. 그러니까 예를 들자면 이 글을 마치기 전에 번뜩이는 재간으로 아무렇지 않게 몇 개의 좋은 기억들, 감동적인 기억을 언급해야 하는지도 모른다, 최대한의 효과를 내는 최소한의 것으로. 아, 문학은 때때로. 때때로…. 에르베가 그립다, 내가 쓴 것을 그에게 보여주면 그가 어떤 반응을 보일지 보고 싶어서. 적어도 이 원고로는 그럴 일이 없을 것이다(그렇지만 모를 일이다).

무엇을 덧붙일까? "에르베리노, 에르베리노." 가끔씩 에르베가 몹시 보고 싶으면 혼자 집에서 큰 소리로 불러본다.

《쉬잔과 루이즈Suzanne et Louise》 1980(에르베가 마티외에게 남긴 사인본의 글)

내 친구 마티외를 위해
웅덩이를 위해, 바보들을 위해
사람들이 너에 대해 떠들어대도록
너무도 즐거운 우리들의 장난들을 위해
보나파르트의 아이리시 커피와, 스포츠 담배 가게의 핀볼 게임을 위해
아보리아즈를 위해
유식한 체하는 애들과 우스운 바보들
정말 한심한
어떤 남자도 어떤 여자도
사랑해본 적 없는 사람
사냥꾼의 밤을 위해
숲을 위해(그 둘은 잘 어울리지)
미국 여행을 위해
샹베리가 종착지가 되지 않기 위해
어쨌든 그 모든 좋은 추억들을 위해
그 모든 즐거운 농담들을 위해
그리고 또 다른 많은 것들을 위해…
마티외, 너에게 키스를 보낸다.

에르베.

Pour mon copain Mathieu
pour les flaques, pour les crétins
pour qu'on parle de toi
pour notre bêtise si joyeuse
pour l'Irish Coffee du Bonaparte
les flippers du Tabac des Sports
pour etvoriaz
un cuistre, un crétin ridicule
vraiment pitoyable
qui n'a jamais aimé aucun homme
ni aucune femme
pour la nuit du Chasseur,
pour Forêts (ils sont de bonne
connivence ces deux-là)
pour le voyage aux Etats-Unis,
et qu'il ne finisse pas à Chambéry,
bref pour tous ces bons souvenirs
et toutes ces bonnes blagues,
et qu'il y en ait encore beaucoup
d'autres...

Mathieu je t'embrasse.

hervé.

1978년, 미셸 푸코가 에르베와 나를 어떻게 소개해줬는지, 그해 연말에 내 러브 스토리가 끝나고 우리가 어떻게 친구가 됐는지 앞서 이야기했었다. 우리는 단둘이 지내며 우정을 나눴고, 저녁을 함께 먹었고, 술집을 돌아다니며 많은 저녁을 함께 보냈다. 그 저녁을 이루고 있는 것들이 웅덩이, 바보들, 우리들의 즐거운 장난들, 보나파르트의 카페, 스포츠 담배 가게, 유식한 체하는 애들과 우스운 바보들이다. 〈사냥꾼의 밤〉(그 당시에는 덜 컬트적이었다)은 내가 에르베에게 보라고 한 영화고, 〈숲〉은 내가 쓴 글 중 하나인데, 내가 실수로 불에 태웠고 그 후에 그가 우리 집에서 그것을 읽게 됐다. 붉게 탄 종이를 손에 쥐고 있던 그는 타고 남은 그 부분이 더 좋다고 했다.

아보리아즈는 알프스산맥에 있는 스키장으로 판타지영화 축제가 열리는 곳이었다. 1980년 겨울, 그는 〈르몽드〉에, 나는 〈롭스l'Obs〉의 전신인 〈르누벨옵세르바퇴르〉에 고용되어서 그곳에서 5일 동안 머물게 됐다. 마치 파리를 옮겨놓은 듯한 아보리아즈에는 파리보다 더 많은 사람들이 있었고, 그들은 초라한 속물근성과 흘러넘치는 돈에 섞여 진짜 마을의 주민들이 됐다. 그것이 우리가 함께한 첫 번째 여행이었다. 우리는 둘이서 함께 식사를 했지만 편하지 않았고, 축제를 통과하는 일은 서로에게 맞춰가는 시험이었지만 우리는 더 가까워질 수 있었다.

'한심한'에 대해 말하자면, 보지라 길에 있는 에르베의 집에서 미셸 푸코와 그의 친구 다니엘, 내게 미셸을 소개해준 티에리와 함께 식사를 한 적이 있었다(그 식사는 그게 마지막이었고 다음은 없었다). 티에리는 동성애자들을 위한 월간지 〈게이피에〉의 창간호를 가져왔다. 잡지에는 티에리의 청탁으로 미셸의 글이 실렸는데, 미셸은 표지를 보고 형편없는 제목 때문에 곧바로 불편한 기색을 내비쳤고, 물론 그가 재빨리 감추기 위해 노력했지만 우리는 그것을 대번에 느낄 수 있었다. 다음 날, 에르베는 내게 전화로 그날 저녁 식사가 한심했다고 말했고, 그는 당연히 내가 그렇지 않다고 대답하길 바랐지만 나는 바보처럼 그냥 "그래"라고 말했는데, 그것이 그를 웃게 했고, 나 역시 웃어버렸다. 그리고 그 형용사가 우리에게 남았다.

내가 어느 기사에 "어떤 남자도 어떤 여자도 사랑한 적 없는 사람"이라는 말을 인용한 적이 있었는데, 에르베는 소설의 화자가 거부한 성性을 내가 그런 순서대로 언급했다는 사실을 재미있어했다. 그 글은《화성》이라는 책의 비평이었고, 프리츠 앵스트라는 필명을 쓰는 베일에 싸인 어느 스위스 작가가 쓴 작품으로, 자신을 죽인 암이 어떻게 그의 삶을 완수하게 했는지, 그 병이 그를 이끄는 방식에 대해 쓴 책이었다.《내 삶을 구하지 못한 친구에게》가 나왔을 때, 비평가들은《화성》을 언급했다.

그는 1980년 여름, 우리가 함께 뉴욕에 가는 계획을 세웠다. 그러나 나는 연인이 살기 때문에 어쩔 수 없이 가야 하는 상황이 아니라면 여행을 거의 하지 않는 사람이었고, 결국 그는 혼자 떠났다. 그 당시 파리는 새로운 항공사의 광고로 뒤덮여 있었다. 그 회사의 슬로건은 "모든 비행기가 샹베리에 가는 것은 아니다. 그러나 우리 비행기는 간다"였는데, 나는 그 광고를 볼 때마다 에르베에게 걱정스러운 어조로 목소리를 바꾸어 장난을 쳤다. "모든 비행기가 샹베리에 가지 않는 게 다행이지. 스톡홀름이나 멕시코에 가려고 했는데 샹베리에 반드시 착륙해야 한다고 생각해봐."

《유령 이미지L'Image-fantôme》 1981

마티외,

너에게 아주 다정한 사인본을 주고 싶은데 기대에 못 미칠까 봐 두려워. 어쨌든 늘 그랬듯이 너에게 진한 키스를 보낼게. 네가 이 책의 교정을 도와준 것을 잊지 않을 거야.

에르베.

1981년 7월 23일.

Mathieu
j'ai envie de te faire une dédicace
si gentille que j'ai peur de ne pas
être à la hauteur. En tout cas je
t'embrasse, aussi fort que d'habitude,
et je n'oublie pas la gentillesse avec
laquelle tu m'as aidé à corriger ce
L'IMAGE FANTÔME livre :
hervé le 23 juillet 81.

《선전용 죽음》과 사진과 수기로 쓴 글을 다시 사진으로 찍은 것으로 구성된 《쉬잔과 루이즈》가 나왔을 때, 나는 몇 달 차이로 에르베를 알기 전이였다. 그러니까 책이 나오기 전에 내가 읽은 첫 번째 원고(초고와 교정본)는 《유령 이미지》였고, 내 조언을 원했던 에르베에게 내 생각을 전했다. 그리고 그것은 우리만의 관계의 반복구가 됐다. 그가 우리 집에 들르면 우리는 내 침대에 나란히 앉아, 나는 그가 잘 알아볼 수 있게 검은 연필로 표시한 것들을 모두 쏟아냈다. 그는 내가 경쟁력이 있다고 판단했고, 내 의견도 마찬가지였다. 그러나 몇 년 후 영화를 하는 친구와 똑같은 작업을 하게 됐고, 그때는 내 무능력이 그와 나를 자유롭게 해줬다. 그러니까 시사회를 마치고 나와 나는 머릿속에 떠오르는 것을 말했고, 내 말을 받아들일지 말지는 그가 결정하면 그만이었다.

책은 내 아버지의 책임 편집 아래 미뉘 출판사에서 나왔던 에르베의 첫 책이기도 했는데, 드니 장펜과 내가 이끌었던 미뉘의 정기 간행물에 기고한 글을 모두 모은 것이었다.

에르베를 알게 되자마자 그에게 강렬한 감정을 느꼈던 나는 《선전용 죽음》을 구해서 읽었다. 나는 독자로서 내 느낌을, 잘 기억나진 않지만 특히 책의 구성에 대한 비평을 그에게 전했는데, 비평을 하면서 필요하다고 생각했던 그 발언이 내 감정에 결정적 재앙을 가져올 것이라고는 생각하지 못했다. 에르베는 문학을 하는 사람이니 진실(내 의견이 표현하는) 앞에서 놀라지 않는 것처럼 보였고, 우리는 그 일로 더 가까워졌다.

《특별한 모험Les Aventures singulières》 1982

마티외,

너를 알게 된 이후로 너를 향한 멈추지 않는 내 마음이 내게는 커다란 위안이야. 너도 느낄 수 있기를…. 사인본을 전하는 김에 이 말을 하고 싶었어. 다시 한번 아주 뜨거운 키스를 보낸다.

에르베.

1982년 3월 28일.

Mathieu

le sentiment que j'ai pour toi, et qui ne cesse de croître, depuis que je te connais, est un de mes principaux réconforts, j'espère que tu le sens...

Je profite de cette "dédicace" pour te le dire, et pour t'embrasser, encore une fois, très fort :

hervé

(28 mars 1982)

《개들Les Chiens》 1982

♥

♡

원래는 단행본 원고였다. 그러니까 〈개들〉은《특별한 모험》의 마지막 챕터였는데, 아버지가 그 글이 에로틱하고 외설적이라는 이유로 따로 분리하고 싶어 하셨다. 아버지는 그 글의 특색이 책 전체에 해를 끼칠 수 있고, 따로 냈을 때 더 돋보인다고 보신 듯했다. 에르베는 그 제안을 좋아했고 곧바로 승낙했다.

두 권의 책은 동시에 나왔고, 하트를 그려서 서명한《개들》을 받은 사람은 나 외에는 아무도 없다고 생각하는데, 그렇게 생각하는 이유가 무엇인지 나도 알 수 없다.

《두 아이와 함께 한 여행Voyage avec deux enfants》 1982

마티외에게,

이 책의 애정을 담은 등장에는 물론 네가 있어(보면 알겠지만 등장하는 순서가 중요한 것은 아니야). 그리고 시련의 순간에 너의 귀한 조언이 나를 지탱해줬지. 이 책이 내가 얼마나 너를 좋아하는지 말해주는 기회가 되기를.

에르베.

(1982년 8월 2일, 우리가 호랑이와 거북이를 사냥하러 다니며 함께 시간을 보냈던 리오 엘바에서.)

Pour Mathieu,
bien sûr présent dans
l'irruption sentimentale
de ce livre (mais tu auras
remarqué qu'il n'y a pas
de valeur d'attachement dans
l'ordre d'apparition...), et encore

VOYAGE
AVEC DEUX ENFANTS

présent au moment de ses
épreuves, pour me soutenir de
ses précieux conseils.
Que ce livre soit l'occasion,
polisson, de te redire une
fois de plus combien je t'aime :
hervé
(à Rio Elba, où nous avons
passé ensemble ces jours de
chasse au tigre et à la tortue...
le 2 aout 1982)

내가 엘바섬에 처음 머물렀던 때는 1982년이었을 것이다. 에르베가 좋아했던 곳이자 그의 친구 한스 조르주가 두 개의 숙소를 가지고 있었던 곳. 그중 하나는 에르베가 묻히기를 바랐던 외진 오두막이고 다른 하나는 마을에 있는 그의 집이었다. 그때 그 오두막에 우리 세 사람이 있었을 것이다(최소한의 것만 갖춘 곳이었다). 그리고 호랑이와 거북이 사냥은 진짜 사냥은 아니었다, 왜냐하면 누군가를 유혹하는 일을 가능한 참을 수밖에 없는 상황이었으니까. 그러나 리오 엘바에서 온 두 남자에 대한 각별한 관심과 환대는 있었는데, 그들의 외모 또는 성격에 따라 거북이와 호랑이라는 별명을 붙이게 됐다. 호랑이라는 별명은 영어로 바꿔서 《시각장애인들Des aveugles》의 등장인물 이름으로 쓰였다.

이 책의 '애정을 담은 등장'에 대한 일화를 꺼내자면, 미셸 푸코가 책을 읽은 후에 특유의 상냥한 미소를 지으며 에르베가 사랑에 빠진 인물이라면 '당연히' '볼품없는 아이'로 묘사된 인물일 텐데, 자신이 '예쁜 아이'로 그려진 인물일 것이라고 생각했다는 것에 조금 화가 났다고 말한 바 있었다.

★ 몇 주 동안 라디오 7에서 문학 방송을 진행했다. 그 방송은 독립 채널이 되기 전 젊은이들을 위한 공영방송이었는데, 청취자 중에 책을 사는 사람이 아무도 없는 것 같아서 거리낌 없이 무엇이든 할 수 있었다. 그래서 보도 윤리에 그토록 신경을 썼던 내가 《두 아이와 함께 한 여행》의 출간에 맞춰 내 친구 에

르베를 초대했던 것이다. "에르베 기베르, 당신에게 아이란 무엇입니까?" 그것이 내가 그에게 던졌던 첫 번째 질문이었다. 왜냐하면 책의 주인공들이 내 기준에는 아이라고 부를 수 있는 나이를 훨씬 넘겼기 때문이었다. 우리는 그때 그 질문으로 오랫동안 웃었다. 그의 이름에 성을 붙여 부른 일이 내가 그를 처음 만났을 때를 떠올리게 했기 때문이다.

《아르튀의 갑작스러운 욕망Les Lubies d'Arthur》 1983

나의 늑대여,

이 책을 너에게 바친다, 너를 만나지 못했더라면, 내가 《우리의 기쁨》을 읽지 못했더라면 이 책을 절대 쓸 수 없었을 테니까. 너에게 빨리 책을 바치고 싶었으니까. 레이디 리구디는 마드무아젤 로비카의 병약한 사촌이니까. 그리고 비송은 세르지 라망의 형제이고.

비송은 너처럼 견갑골에 점이 있어. 너의 사랑스러운 견갑골에 키스를 보낸다.

마티외에게,

에르베.

1983년 9월 25일.

내가 실수로 잃어버린 이 위험한 사인본을-너의 취향에는 충분히 위험하지 않겠지-누가 가졌는지 모르겠어. 9월 9일 테러 사건이 밝혀진 순간에 열이 올랐기 때문일까? 그렇지 않으면 난쟁이, 청소기, 절름발이, 담요, 운전사, 가로등, 쿵후, 얼굴 제모, 냉동 칠면조, 성적 불능, 포커, 돼지, 다림질하는 여자들, 헐뜯는 사람들, 초가집, 불충분, 상자, 미친 사람들, 광고, 얼룩, 가짜 웃음의 여왕일까.

Mon loup

ce livre t'est dédié parce que je ne l'aurais jamais écrit* si je ne t'avais pas connu – et si je n'avais pas lu "Nos plaisirs" –, parce que j'avais hâte de te dédier un livre, parce que Lady Bigoudi est une pâle cousine de Mademoiselle Robin, et Bichon un frère de Serge-Lapin.

Bichon qui, comme toi, a des grains de beauté sur les omoplates. Tes adorables omoplates que j'embrasse :

A Mathieu.

Hervé

(le 25 septembre 1983)

(Et qui donc détient l'original de cette dédicace compromettante – pas assez à ton gré je suppose –, égarée maladroitement pour cause de fièvre au moment de sa rédaction le 9 septembre ? Qui sinon la reine des naines et des aspirateurs, des boîteuses, des couvertures chauffantes, des lampadaires, du kung-fu, de l'épilation faciale, de la dinde surgelée, des fiascos, du poker, des cochonnes, des repasseuses, des bêcheuses, des pilottes, des insuffisantes, des brutes, des toquées, de la publicité, des taches, du fou-rire

* 만약에 네가 없었더라면, 만약에 아마도, 만약에 너를 만나지 않았더라면 이 책은 존재하지 않았을 거야.

Ce livre n'aurait jamais existé
* si tu n'avais pas existé et si
plus vraisemblablement si je ne
t'avais pas rencontré

* 만약에 네가 없었더라면, 만약에 아마도, 만약에 너를 만나지 않았더라면 이 책은 존재하지 않았을 거야.

《아르튀의 갑작러운 욕망Les Lubies d'Arthur》은 에르베가 내 이름을 인쇄한 유일한 사인본이다. 마드무아젤 로비카는 나의 첫 번째 소설《우리의 기쁨Nos plaisirs》의 끔찍한 주인공이고, 세르지 라팡은 두 번째 소설《왕자와 레오나르두르Prince et Léonardours》의 주인공이다. 엘바섬에서 수영을 할 때 에르베가 내 견갑골에 점이 있는 것을 발견했다.

서명 다음에 이어지는 여담은 우리들 사이에서 불렀던 마르그리트 뒤라스의 별명, '여왕의 여왕과 왕'에서 나온 것이다. 대화 중에 그녀가 자기 자신을 그렇게 불렀었던가? 내 생각에 그 표현을 지어낸 것은 에르베이고, 그게 내 마음에 꼭 들어 우리가 계속 그렇게 불렀던 것 같다. 1983년 9월 25일에 그가 내게 책에 다시 서명을 해줬는데, 첫 번째 책을 분실한 이후라서 내게 직접 건네줬다. 그는 내가 자랑스러워하고 우리에게 익숙했던 기발하고 바보 같은 말들을 실컷 썼고, 내가 그 사인본을 받지 않았더라면 오늘날 그 글을 볼 수 없었을 것이다.

내가 마음에 드는 건 별표를 치고 쓴 부분에 불필요한 '만약에'를 한 번 더 쓴 것이다-교정은 또 다른 교정을 부르고.

《하나뿐인 얼굴Le Seul visage》 1984

나의 가장 애처로운 모델,

그렇다고

너를 덜 사랑하는 것은 아니지.

마티외 너에게.

에르베.

A mon plus lamentable
modèle, mais non le
moins aimé...
A toi Mathieu : hervé

LE SEUL VISAGE

나는 도무지 포즈를 취할 줄 모르는 가장 애처로운 모델이다. 포즈를 취하면 바로 불편해져서 몸이 뒤틀리고, 자세를 어떻게 해야 할지 모르겠다.

'베를린-동부'라는 제목을 붙인 40페이지의 사진은 다음과 같은 상황에서 찍은 것이다. 에르베는 〈르몽드〉, 나는 〈르누벨옵세르바퇴르〉에 고용되어 각자 베를린 영화제를 취재하러 갔다. 1982년이었고, 파스빈더의 〈베로니카 보스의 비밀〉이 황금곰상을 받았다. 에르베는 그 도시를 이미 잘 알고 있었기 때문에 나는 영화제 취재를 하루 건너뛰고 베를린 동부에 있는 게이 찻집에 가자고 했다. 그 시절에는 그 도시의 그 구역에서만 가능한 일이었다. 우리는 그곳에 갔다. 그 찻집이 어떤 가게였는지 잘 기억나지는 않지만 베를린 서부에 있는 큰 상점의 화장실만큼이나 사람이 없었다. 사람들이 에르베에게 그곳이 남자를 유혹하기에 좋은 장소라고 말했다는데, 희망에 부풀어 갔었던 우리는 사람이 너무 없어서 웃음을 터뜨리고 말았다. 에르베가 앞장섰고 도착하자마자 당당한 걸음으로 계단을 올랐다. 몇 층이었는지 무슨 건물이었는지 이제는 기억나지 않지만, 어떤 공간에 들어갔다가 완전히 길을 잃었고, 거기서 들리는 소리를 듣고 겁을 먹었다. 그곳에 청각장애와 언어장애인들을 위한 기관이 있었는데, 그가 내게 미리 알려주지 않았던 것이다. 에르베가 작은 모험에 대해 썼던 소설적인 이야기를 읽었을 때, 나는 미셸 푸코에게 그것은 사실이 아니며, 사건이 그렇게 전개되지 않았다고 말했다. 그는 에르베에 대해 내게 이런 말을 했다. "그에게는 늘 거짓말 같은 일들만 일어나." 나는 그 문장이 무척 마음에 들어서 에르베에게 전했고, 그도 그 문장을《내 삶을 구하지 못한 친구에게》에 인용할 만큼 좋아했다.

우리는 베를린 서부를 빨리, 아주 빨리 떠났고, 운터덴린덴로에서 만나 산책을 했다. 그곳에는 한 소년이 서성이고 있었고 우리는 그와 몇 번의 미소를 주고받다가 대화를 하게 됐는데, 그 소년은 불어를 단 한 마디도 못 했고 영어도 마찬가지였지만 외국인을 만났다는 사실에 흥분해 있었다. 에르베는 독일어로 약간의 소통이 가능했다. 아무것도 정한 것은 없었지만 그 소년은 매력적인 가이드처럼 상기된 얼굴로 미소를 지으며 자신이 원하는 곳으로 우리를 데려갔고, 보여주고 싶은 것을 우리에게 보여줬다. 우리는 소년을 점심 식사에 초대했고(아마도 샌드위치나 간식 정도였을 것이다) 그렇게 오후 역시 함께 보냈다. 소년은 우리와 함께 있는 게 편안해 보였고 우리도 마찬가지였다. 무언가 낯설고 동시에 자연스러운 느낌이었다. 둘이 갔다가 셋이 됐다, 그렇게 됐던 것이다. 2월이었고, 서양인들에게는 이른 밤이 찾아왔다. 우리는 왔을 때처럼 지하철을 타고 베를린 동부를 떠났다. 베를린 동부 사람들에게도 통용되는 편리함은 아니었을 것이다, 그곳에서 검문이 이뤄졌으니까. 내가 이름을 잊은 그 소년은 우리를 지하철역까지 데려다줬고 우리와 함께 승강장으로 내려가서 지하철이 오기를 기다렸다. 우리는 너무도 자연스럽게 여전히 셋이었다. 지하철이 역으로 들어왔고, 우리는 그 열차를 탔다. 문이 닫혔고, 갑자기 서두르는 바람에 소년에게 제대로 인사를 하지도 못했다. 우리가 다시 보지 못하리라는 것은 자명했다. 그런데 갑자기 에르베가 카메라를 꺼내 지하철 창 너머로 그 소년을 찍었다. 에르베의 어떤 사진도 그 사진만큼 내게 감동을 준 것은 없었다.

《시각장애인들Des aveugles》 1985

너에게, 마티외,

나의 늑대.

에르베.

1985년 3월 22일.

A toi, Mathieu,

mon loup :

hervé

le 22 mars 1985

《시각장애인들》은 에르베의 첫 책이며, 내 아버지와 불화를 겪은 후에 갈리마르에서 출간됐다. 물론 그 불화는 우리 사이에 어떤 영향도 미치지 못했다(아버지와 내 사이도 마찬가지였다).

《나의 부모님Mes parents》 1986

자, 여기!

내 친구 마티외에게,

네 덕분에 미움은 다정하지 않고, 네 덕분에 비비 프리코탱 한 권의 값이 150프랑이 아닌 게 됐지(다행이야!). 네 덕분에 작은 재앙들을 피할 수 있어서 커다란 재앙인 이 책이 나올 수 있었어(너의 치욕스러운 관용의 효과로). 이 책은 네가 제일 좋아하는 책이 될 거야. 나의 친구, 마티외, 나를 돌보고 싶지 않았던 엄마가 사라진 이후로 네 혓바닥 덕분에 내 엉덩이가 깨끗해졌어.

나의 마티외에게 키스를 보내며,

목을 매단 너의 에르베가.

1986년 3월 20일.

et toc.

à mon ami Mathieu
grâce à qui la haine n'est pas tendre, grâce à qui un exemplaire de Bibi Fricotin ne coûte pas 150 F pièce – ouf! –, grâce à toutes ces petites catastrophes que tu m'as évitées pour ce livre qui est une grande catastrophe – ce livre qui, par un effet de ton ignominieuse indulgence serait ton préféré, à mon ami Mathieu enfin grâce à la langue duquel mes fesses sont propres tous les soirs depuis que maman disparue ne vient plus s'en occuper.

un gros baiser à mon Mathieu de ton Hervelino pendu.

le 20 mars 1986

〈자, 여기!〉, 나는 이 글을 처음 읽자마자 좋아했고 그것의 폭력성에 경악했다. 그래서 몇 달 후, 출간 직전에 에르베가 책에 "미움은 다정하다"라는 문장으로 띠지를 두른다고 했을 때 배신당한 것처럼, 그가 자신이 쓴 글을 만회하려고 하는 것 같아서 분노했다. 나의 분노는 유희였기 때문에 그에게 띠지를 두른다면 오히려 "자, 여기!"라는 말로 가볍게 쓰는 것이 더 적절할 것 같다고 말했다.

'비비 프리코탱'에 대해서는 그가 값을 언급했을 때 불필요한 설명이라고 생각했다.

나의 '치욕스러운 관용'은 1982년, 월드컵 때 있었던 일이니까 그 당시를 기준으로도 이미 한참 오래전의 일이었다. 우리는 둘 다 피에르 클로소브스키의 〈오늘 저녁, 로베르〉를 리메이크하길 원했던 친구 알랑 플래셔의 영화에서 작은 역할을 맡기로 했었다(인도인 두 명 역할인데 상의를 벗고 아마도 팬티도 벗었던 것 같다). 파일럿 영화였고, 그 몇 분짜리 영상으로 진짜 영화를 위한 자금을 얻어내야 했다. 우리는 피에르와 드니 클로소브스키가 참석한 현장에서 촬영했다. 인도인 역할로 어딘지 모를 곳에서 소리를 지르며 밭을 가로질러 등장했다. 그 모든 것이 매우 재미있었다. 다만 알랑과 일요일 오후 1시에 만나기로 약속했었는데 그 시간에 프랑스 축구팀 경기가 있다는 게 마음에 걸렸다(아마도 체코와의 경기였던 것 같은데 쿠웨이트였을 수도 있다). 알랑은 제 시각에 도착하지 않았고 늦었다. 그는 늘 늦었다. 그게 나를 분노하게 했다, 그럴 줄 알았으면 경기를 볼 수도 있었으니까. 에르베는 평소와는 다르게 너그럽게 굴며 나를 진정시켰는데 그게 나를 더욱 화나게 했고, 그래서 나는 그의 '치욕스러운 미덕'을 언급했고, 몇 해 동안 그 표현이 우리와 함께했다.

'엉덩이'에 대해 말하자면, 우리는 엉덩이라는 말에 관심이 조금 있었는데, 이 경우는 무엇보다도 '사라진 엄마'를 말하기 위해서였다. 《엄마의 실종》은 1982년에 외젠 사비츠카야가 발표한 소설이고, 그의 책을 향한 경탄과 작가를 향한 애정 역시 우리들의 공통점이었다.

'목매달기'는 각자가 봤던 자신의 미래였고, 그래서 우리는 그 말을 거침없이 이용했다. "빌, 목을 매달아"는 《내 삶을 구하지 못한 친구》의 끝에서 세 번째 문장이며 한동안 그 문장을 제목으로 썼다.

《당신은 내게 유령을 만들게 했습니다Vous m'avez fait former des fantômes》

1987

나를 사랑으로 가득 채워준

마티외에게,

에르베.

당신은 마티외 랭동을 향한

내 사랑이 넘치게 만듭니다.

그는 더러운 사디스트이고

1978년부터 나를 고문했으며

나는 너무 괴롭지만

그를 사랑하기 때문에

내 고통을 받아들입니다.

너를 사랑하면서 고통받지만 불평하지는 않는

너의 피해자,

에르베.

사인본이 두 권이었다. 우편이 늦게 도착하는 바람에 잃어버린 줄 알고 에르베가 다른 책을 직접 가져다줬기 때문이다. 우리는 이 제목으로 장난을 쳤는데, 《악당들Les Gangsters》을 이야기할 때 자세히 설명하겠지만, 그것이 바로 이 소설 〈당신은 내 안에 사랑이 넘치게 만듭니다〉를 설명한다.

à Mathieu,

qui m'a fait déborder

d'amour :

hervé

Vous m'avez fait déborder
d'amour
pour Mathieu Lindon
qui est un sale sadique
qui me torture depuis 1978
et j'en souffre beaucoup
mais comme je l'aime
j'accepte ma souffrance
Ta victime qui t'aime
et qui souffre et ne se plaint pas:
hervé

나는 그에게 몇몇 대화 장면에서 인물이 불평하는 특징이 있음을 지적할 때가 있었고, 그러면 에르베는 즐겁게 반박하는 척을 했다.

《악당들Les Gangsters》1988

마테오비치에게,

내 인생의 사랑,

나의 작은 분홍 정어리,

에르베 기베르의 창시자,

모든 응급조치에 동원되며

다른 사람들한테 준 브로치를 질투하지만 작은 고양이는 잊어버린,

사랑하는 나의 늑대, 몇 번이나 너의 침대에 앉아서

원고를 보고 또 봤을까, 교정지도.

나는 고통받았고 고마움에 이성을 잃었으며, 그래서 여기

모자 이야기를 감추는 매력적인 불한당들의 이야기가 나왔어.

빨간 음경을 기다리며

숨이 찰 만큼 키스를 보낸다.

네가 다른 무엇보다 더 사랑하는 너의 에르베리노.

à Mateovitch,
amour de ma vie,
ma petite sardine rose,
l'inventeur d'Hervé Guibert,
réquisitionné pour tous les
soins d'urgence, jaloux des
broches que j'offre aux autres,
mais qui a perdu son petit chat,
mon loup adoré, combien de fois
assis sur ton lit nous avons
revu manuscrits, puis épreuves,
moi torturé et éperdu de
reconnaissance, voici donc la
très sensationnelle histoire des
Brigands, qui éclipse celle des
Chapeaux, en attendant Rouge la bite.
Je t'étouffe de baisers :
ton hervelino que tu aimes plus
que tout

'에르베 기베르의 창시자'라는 표현이 어디서 나왔는지 잘 기억이 나지 않는다. 대신에 '모든 응급조치에 동원되며'라는 글은, 대고모 할머니들에게 일어났던 불행과, 그가 에이즈인 것을 아직 몰랐을 때 그가 걸렸던 대상포진을 떠올리게 한다.

'브로치 때문에 질투하다…'는, 재킷에 핀으로 꼽는 작은 무늬의 배지가 유행이던 시절이 있었는데, 에르베가 나만 빼고 모든 지인들에게 그 배지를 선물했다는 사실에 충격을 받았던 것 같다. 그래서 그가 내게 작은 고양이 배지를 줬고, 나는 금세 잃어버리고 말았다.

'형사들, 모자, 빨간 성기'에 대해 말하자면, 에르베가 내게 늘 이야기하던 책들이 있었는데, 우리가 하는 이야기를 아무도 알아들을 수 없게 내가 그 책들에 비밀스럽게(에르베는 때때로 까다롭게 굴었고, 그래서 나 혼자 또는 우리 둘이 단 한 번의 시도로 무효가 될 뻔했던 제목을 고쳤다) 임시 제목을 붙여줬다. 그 일은 즐거웠다, 우리의 대화에 관심을 둘 이유가 전혀 없었던 식당 종업원들을 제외하고는 우리 둘이 있을 때만 하는 이야기였으니까. 그렇게 해서 《악당들》이라는 원래 제목이 꾸밈없는 〈불한당들〉이 되었지만, '당신은 내가 유령을 만들게 했습니다'는 동사의 원형을 쓰는 법칙을 따른 것으로, 소설의 다소 진지한 특성에 균형을 맞춰 변형을 줬다('당신은 내가 기차를 놓치게 했습니다', '당신은 내 바지가 찢어지게 했습니다', '당신은 내가 비프스테이크를 먹게 했습니다', '당신은 내가 분별없는 짓을 하게 했습니다'). 그러다가 '당신은 내가 모자의 모양을 망가뜨리게 했습니다'라고 정하게 됐고, 그것을 요약한 것을 에르베가 여기에 썼다.《동정남 모브 Mauve le vierge》는 마치 모브가 인물의 이름이 아니라 단순히 색깔을 가리키는 것처럼 단어를 하나씩 바꿨고, 동정남(le vierge)은 'i'를 탈락시켜서 고상하지 못한 유의어를 써 '빨간 성기'이 됐는데, 이렇게 해서 강대국이 파견한 해설가들이 이 책의 비밀스러운 정보를 캐내지 못하게 혼선을 줄 수 있었다.

《동정남 모브Mauve le vierge》 1988

내가 사랑하는 늑대,

마티외에게, 나의 붉은 음경,

나의 자주색 엉덩이,

나의 스승이자 나의 노예,

나의 남편, 나의 아내,

나의 악기, 나의 날레시니키,

나의 베르나르디나,

나의 작은 로마 토끼.

에르베.

à mon loup adoré,
Mathieu, ma bite rouge,
mon cul mauve, mon
maître et mon esclave,
mon mari, ma femme,
mon biniou, mon nalesniki,
ma Bernardina, mon
petit lapin romain :
hervé

나는 작은 로마 토끼다. 1988년 가을, 에르베는 1년째 메디치 빌라에 머물고 있었고, 그때 나는 막 그곳에 도착했다. 우리는 로마에서 1년 정도 함께 살기로 했다(사실상 2년이 되었지만). '베르나르디나'는 베르나르도에서 나온 것으로, 내가 브라질 친구 베르나르도를 부른 애칭이지만, 그가 포르투갈어로는 기괴하게 들린다고 해서 그렇게 부르는 것을 그만뒀다. '날레시니키'는 절대 단수 대명사 뒤에 쓸 수 없는 복수형으로 러시아 라페 길에 있는 차이카(불어로는 갈매기라는 뜻이다, 체호프의 갈매기처럼)라는 식당에서 우리가 디저트로 먹었던 크레이프다. 그 동네에 살았을 때는 그 식당 앞을 지나갈 때마다 문만 열려 있으면 들어가려고 했다. 장식도 분위기도 요리도 아름다운 곳이었고, 내가 가자고 해서 가는 유일한 곳이었으며, 우리는 그곳에서 여러 번 저녁 식사를 했다.

《익명L'Incognito》 1989

마티외,

네 말이 맞았어.

이 책은 시시하고, 천박하고, 형편없고, 불쾌해.

그렇지만 나는 너를 사랑한다.

키스를 보내.

에르베.

Mathieu,
tu avais bien raison :
ce livre est médiocre et
vulgaire, nullard, anti-
pathique. Mais toi je t'aime
et je t'embrasse : Hervé

그가 '네 말이 맞았어'라고 했지만, 나는 《익명》에 관해서 이런 형용사들을 써본 적이 없다. 이 사인본을 읽고 분위기를 맞추기 위해 그에게 "나는 그냥 그저 그렇다고 말하지 않았어?"라고 했을 뿐이었다. 이 책의 비밀 제목은 '임시 오펜바흐'였는데, 오페라 〈페리콜〉에서 익명이 부른 아리아 때문이었고, 더 나은 제목을 찾을 생각으로 '임시'를 붙였다. 에르베는 이 책을 내게 내밀면서 내가 엄청나게 웃을 거라고 했지만 사실상 나는 실망했다. 에르베는 나 때문에 이 책에 애정을 줄 수 없었다고 주장했지만, 몇 년 후에 나는 책을 다시 읽고 좋아하게 됐다.

《뱅상에게 미치다Fou de Vincent》 1989

내 사랑,

마티외에게.

에르베.

(로마에서, 1989년 8월 7일)

à Mathieu,

mon amour:

hervé

(à Rome le 7 août 1989)

《뱅상에게 미치다》의 비밀 제목은 아주 쉽게 글자의 이니셜을 따서 'F2V'로 지었다. 나는 그 제목이 항공기에서 쓰는 비밀스러운 암호나 만화에 나오는 알 수 없는 발명품 같아서 마음에 들었다.

뒤늦게 발견한 수첩에 시를 적어둔 페이지에 전화번호가 적혀 있었는데, 에르베가 "V, 더 이상 미쳐 있지 않으니까"라고 적은 것을 보면 뱅상의 전화번호가 분명하다.

《내 삶을 구하지 못한 친구에게À l'ami qui ne m'a pas sauvé la vie》 1990

나의 늑대, 내 사랑, 내가 점점 더 사랑할 수밖에 없는

그 사랑을 내게 고스란히 돌려주는

나의 귀여운 마티외에게!

마티외, 나는 너를 사랑해. 이제 이 책에 너에게 해줄 말은 그것

뿐이야.

온 마음을 다해 사랑해.

에르베.

1990년 2월 22일.

à Mathieu mon petit chéri,
mon loup, mon amour, que
je n'ai pas cessé d'aimer de
plus en plus, et qui me l'a
bien rendu !
Je t'aime Mathieu, je
n'ai maintenant plus rien
d'autre à te dire dans une
dédicace.
Je t'aime de tout mon
coeur :
hervé
le 22 février 1990

에르베는 이 책이 자신이 내게 주는 마지막 사인본이라고 생각했던 것 같다.

《연민의 기록Le Protocole compassionnel》1991

내 평생의 사랑, 세상 무엇보다 가장 사랑하는

마티외, 내가 사랑하는 늑대,

보잘것없는 천재,

내가 13년째 똑같은 말을 적어 건네는

나의 사랑스러운 토끼에게.

키스를 보내며,

에르베.

LE PROTOCOLE COMPASSIONNEL

à Mathieu, l'amour de
ma vie, que j'aime plus
que tout, à mon loup
adoré, le génie modeste,
mon lapin chéri, à qui je
fais toujours, et pour cause,
les mêmes dédicaces depuis
13 ans !

Bisou :

hervé

1991년, 우리가 알고 지낸 지 13년이 되었는데 에르베는 내게 겨우 열한 권의 사인본만을 줄 수 있었다.

'보잘것없는 천재'는 한동안 우리가 즐겼던, 과장해서 말하는 장난으로, 그가 나를 '천재'로 부르려고 했고, 나는 소위 '보잘것없는'이란 형용사로 균형을 잡아야만 그 명사를 받아들일 수 있었다.

《하인과 나Mon valet et moi》 1991

사랑하는 나의 늑대에게,

오늘은 기쁜 날이다, 너를 만나니까.

에르베.

1991년 7월 29일.

à mon loup adoré,
ce jour joyeux parce
qu'il est celui où je te
retrouve :
hervé
le 28 juillet 1991

에르베는 죽음에 가까워지자 내가 자신을 보는 것을 한동안 원하지 않았던 것 같다.

그는 내가 《하인과 나Mon valet et moi》를 《내 삶을 구하지 못한 친구에게》의 풍자극 버전으로 읽었다는 사실에 기뻐했다.

《악Vice》 1991

내가 사랑하는 늑대,

마티외에게.

에르베.

pour Mathieu,
mon loup adoré:
hervé

1991년 8월에 인쇄된 이 책이 사인본이라는 사실을 잊고 있었다.

《시토메갈로바이러스Cytomégalovirus》와 《빨간 모자를 쓴 남자》가 출간된 것은 에르베가 사망한 후였지만 그 작품들을 완전한 사후 작품이라고 말할 수는 없다. 《시토메갈로바이러스》는 어쨌든 그가 원고를 쓰고 교정까지 봤으니까(나도 봤다). 그는 그 원고에서 한 친구를 무례하게 다뤘다. 나는 그에게 피해자들이 그 부분을 읽었는지를 물었고, 그가 "그렇다"라고 대답해서 "그럼 이제 빼도 되겠네"라고 말해줬다. 그리고 그는 그렇게 했다.

《빨간 모자를 쓴 남자》를 읽은 후에는 그가 언급했던 러시아 여행이 도무지 기억이 나지 않는다고 그에게 말했고, 그는 내가 감쪽같이 속았다는 사실에 기뻐하며 그 여행은 애초에 존재하지 않았다고 했다. 나는 그 책에 크게 감동했고 그에게 그 마음을 표현했다. 그가 사망한 후에 그의 친구 티에리가 "네가 그 책을 마음에 들어 해서 에르베가 기뻐했어"라고 말했다. 물론 기뻤던 것은 나였다.

에르베의 사인본과 '베를린-동부' 사진을 실을 수 있도록 허락해준 크리스틴 기베르에게 감사를 전합니다.

옮긴이의 말

에르베 기베르에게

✦

2004년 12월 27일, 파리의 어느 서점에서 사진 속 당신을 처음 만났습니다. 당신은 신부처럼, 유령처럼 하얀 베일을 쓰고 있었지요. 나는 서점 주인에게 당신이 누구인지를 물었고, 주인의 긴 설명이 이어졌지만, 불어에 서툴렀던 내가 알아들을 수 있었던 단어는 단 세 개뿐이었습니다.

"에르베 기베르, 에이즈, 죽음."

나는 그 세 단어가 마치 완전한 이름 같다고 생각했습니다. 서양에서 여성이 결혼할 때 본래의 성에 배우자의 성을 더하는 것처럼 나는 병과 죽음과 결혼한 당신의 모습을 상상했습니다.

그때 나는 스물두 살이었습니다. 내 옆에는 이제 막 스물을 넘긴 친구가 있었습니다. 그 친구를 마리라고 부르겠습니다. 당신의 이야기 속 인물처럼 나 역시 실존하는 인물에 다른 이름을 붙여본 것이지요. 이제 내게 마리는 둘이 되었습니다. 실재하는 마리와 이 편지 속에 존재하는 마리. 어느 쪽이 진실인지는 내가 판단해야 할 몫이 아닌 것 같습니다. 그것은 이 서신이 가닿는 곳, 당신을 대신해서 이 편지를 읽어볼 누군가와 마리라는 존재가 만나 그만의 '마리'를 깨울 때, 새로운 진실로 다시 태어나게 될 테니까요.

다시 나와 마리의 이야기로 돌아가자면, 그날 그 서점에서는 작은 낭독회가 열렸고, 누군가 1991년 12월 27일에 세상을 떠난 당신을 추모하며, 당신의 글을 소리 내어 읽고 있었습니다. "나는 석 달 동안 에이즈였다"로 시작하는 문장 말입니다. 나와 마리는 그 강렬한 문장에 단번에 사로잡혔습니다. 어떤 수식도 없이 사실만을 전달하는 그 말이 왜 그리 비현실적으로 느껴졌는지 모르겠습니다. 네, 그날의 모든 것이 우리에게는 비현실적이었습니다. 사진 속 당신도, 문장도, HIV 테스트를 앞두고 있었던 마리도.

프랑스에서, 시작하는 연인들이 서로의 안전을 위해 HIV 테스트를 하는 경우를 종종 봤지만, 잠깐 만났던 남자에게서 걸려온 전화 한 통과 그의 경고는 이제 막 성인이 된 마리와 에이즈에 무지했던 내게는 충분히 경악할 만한 사건이었습니다. 마치 우리가 마음대로 먹고 마시고 사랑하는 일을 세상이 원하지 않는 것만 같았습니다. 성인이 되자마자 누린 자유의 대가로 벌을 받는 것만 같았지요.

사진 속 당신을 보던 마리가 내게 했던 말이 떠오릅니다.

"저 사람도 벌을 받은 것일까?"

에르베 기베르, 벌을 받고 있었습니까?

당신이 들었다면 웃음을 터트렸을 이야기가 있습니다. 그러니까 우리는 서점에 가기 전에 일본 식당에 들러 점심을 먹었는데, 언제나처럼 교자 다섯 개를 시켜 테이블 가운데에 놓고 사이좋게 젓가락을 들었습니다. 그리고 그다음 장면은 당신도 잘 아실 겁니다. 마리와 나는 서로의 눈치를 보며 젓가락이 부딪치지 않도록 애써야 했죠. 말했듯이 우리는 질병으로서 에이즈를 알지 못했고, 그 병을 누군가가 우리에게 내린 심판처럼 받아들이며 판결에 승복하든지 거부하든지 둘 중의 하나를 택해야 했으니까요. 네, 나는 에이즈를 둘러싼 무수한 소문이 키운 두려움과 우정 사이에서 어떤 결단을 내려야만 했습니다. 그리고 조금은 비장한 각오로 그 교자를 먹으면서 낸 골딘의 사진 속 마르고 부서진 몸들을 떠올렸습니다. 나와 마리가 죽음에 가까운 인물들이 되는 상상을 해봤지요. 섹스 한 번 한 적 없는, 교자를 자주 나눠 먹은 우리가 불멸의 연인이 되는 상상 말입니다. 어떤 비현실적인 비극 앞에서는 가벼워지고 싶은 마음, 실없는 농담으로, 장난으로 불행을 비웃어버리고 싶은 마음을 당신도 잘 아시겠지요. 나는 결국 교자를 먹다가 웃어버렸습니다. 아마 당신도 죽음이 두려웠던 순간에 못된 장난을 치고 싶은 충동을 느꼈을 것이라 생각합니다. 웃어버리는 것, 장난치는 것, 하찮다는 듯이 내던지는 것, 그것이 바로 젊음의 저항법이니까요. 우리는 마지막 하나 남은 만두를 반으로 갈라 나눠 먹었습니다. 그리고 식당에 있던 다른 사람들이 눈살을 찌푸릴 정도로 낄낄 웃었지요. 마리가 처한 상황과 그 일본 식당에서 우리를 둘러싼 다른 이들의 평화롭고 한가한 식사가 화가 나서 견딜 수 없다는 듯이 웃었습니다. 젊음은 왜 그렇게 모난 것인지…. 어디에 가나 뾰족한 모서리를 숨길 수 없었습니다. 그런데 그때 그 모서리는 언제 이렇게 닳아버린 것일까요? 누구에게, 무엇에 갈려버린 것일까요? 뭉툭해진 내 존재를 느낄 때마다 당신을 떠올립니다. 살아 있었더라면, 당신의 모서리는 영원히 닳지 않았을까요?

식당을 나와 정처 없이 걷다가 그 서점에 들어간 것은 우연이었습니다. 그 시절에는 모든 것이 우연에서 비롯되었습니다. 마치 세계가 나를 향해 사방에 문을 열어둔 것 같았고, 나는 그 문턱을 의심 없이 넘는 것만으로도 우연이 운명이 되고는 했지요. 그렇게 그 수많은 문 중에 당신이 있던 그곳의 문을 열었던 것입니다. 당신은 낯선 언어의 유속 속에 두 손으로 건져 올린 돌처럼 구체적인 형상으로 내 앞에 나타났습니다. 사진으로, 단어로, 얇은 책장이 넘어가는 날카로운 소리로, 살아서 죽음을 감상하는 사람들의 숨소리로.

에르베 기베르, 에이즈, 죽음.

나는 당신의 이름을 내 안에 새겨뒀습니다. 그리고 그날의 마리의 얼굴을 함께 담아뒀지요. 당신의 이름을 들었던 순간, 순식간에 몇십 년을 살아버린 그 얼굴 말입니다. 내게 사진기가 있었다면, 그 모습을 담았을 것입니다. 그리고 몇 년 후 당신이 말했듯이 "내 이름을 지니고 있을 분실물, 내 것이라 할 수 있겠지만 내게는 영원히 낯선 것으로 남게 될 분실물"이 된 그 사진을 바라보며, 이미지 속에 갇힌 마리와 그곳에 더는 존재하지 않는, 이미지 밖을 살아가는 나와의 거리를 깨닫게 되겠지요. 어쩌면 나도 사진이 보여주는 명백한 사실 속에는 존재하지 않는 무언가를 써보고 싶을지도 모르겠습니다. 삶이 무엇인지 몰랐던 여자아이가 죽음의 가능성을 엿본 순간, 그가 느꼈을 두려움과 비로소 비극의 주인공이 된 듯한 이상한 희열, 미리 느낀 슬픔이 뒤섞인 그 얼굴에 대해서요. 네, 그것은 나의 욕망입니다. 내게 아름다운 것을 박제하고 싶은 욕심, 인간의 감정을 해부해보고 싶은 호기심, 안전한 거리를 확보하고 삶을 관찰하고 싶은 열망. 그날의 마리를 담은 사진이 없다는 게 얼마나 다행인지 모르겠습니다. 타인의 삶을 무대 위에 세우고 관람하는 일은 피할 수 있었으니까요. 그러나 나는 여전히 쓰고 싶은 욕망에 대해 생각합니다. 우리는 어떻게 진실을 말해야 하는지, 상처 없는 진실이란 게 가능한 것인지, 상처 주는 진실은 옳은 것인지, 상처 주지 않는 거짓은 무해한지….

언젠가 〈르누벨옵세르바퇴르〉에서 디디에 에리봉과 당신이 나눈 대화를 읽은 적이 있습니다. 미셸 푸코의 사적인 이야기를 쓴 당신을 향한 비난에 대해 묻자, 당신은 버스에서 만났던 한 소년이 당신에게 했던 말을 들려줬지요.

"당신은 이야기 속의 사람입니다. 사람의 이야기, 문학의 이야기요."

당신은 세상을 떠난 미셸 푸코의 삶이 사람의 이야기이자 문학의 이야기에 속한다고 말했습니다. 나는 당신의 대답을 통해 어쩌면 그 "이야기"라는 말에 내가 찾던 답이 있을지도 모른다고 생각했습니다. 이야기의 의미를 자신만의 진실로 환원하여 삶으로 가져가는 독자의 태도와 의지에 기대볼 수 있겠다는 희망을 품게 된 것이지요.

이야기 속의 사람, 에르베 기베르에게 내 몫의 삶을 쓰는 용기를 배우고 싶습니다. 미셸 푸코의 말처럼 내게 당신의 글은 "작품으로서 나아가는 글이 아닌 경험으로 열리는 글"이었습니다. 당신의 글을 통해 나는 가보지 못한 세계의 문을 열었고, 다른 세계의 가치, 그곳의 자유와 열망과 기쁨과 불행을 경험했습니다. 욕망을 마주하는 법을 배웠습니다. 당신의 문학을 만날 때면 글이 아니라 생生을 살고 돌아옵니다.

언젠가 나도 마리의 이야기를 써보고 싶습니다. 아니, 내가 마리라고 불렀던 나와 HIV의 감염 위험을 품었던 여자아이, 그 두 사람이 함께했던 모서리의 시간을 써보고 싶습니다. 당신과 마티외 랭동이 그랬던 것처럼 사람이 만나 나눌 수 있었던 모든 것을 담아보고 싶습니다. 그때가 되면 기꺼이 이야기 속 인물이 되어보겠습니다. 사람의 이야기이기에 문학의 이야기가 될 수밖에 없는 글 안에서 누군가의 열린 문이 되고 싶습니다.

에르베 기베르, 에이즈, 죽음

당신의 세계를 살아본 나는 이제 그 쓸쓸한 단어들이 당신의 이름이 아니라는 것을 압니다. 그러니 마티외 랭동이 당신을 '에르베리노'라고 불렀던 것처럼, 나도 당신의 이름을 다시 불러 보고 싶습니다.

에르베 기베르, 열린 문, 생生.

에르베 기베르,

이제 벌은 다 끝났습니다.

아무도 훌쩍 자라버린 우리를 벌할 수 없습니다, 설사 그것이 우리 자신이라 할지라도….

그러니 이야기 너머의 그곳에서는 부디 평안하시기를.

훼손되지 않은 아름다운 모습 그대로 사랑하는 이들과 재회하셨기를.

12월 27일,

'에르베리노'라는 이야기의 문턱에서,

신유진

에르베리노

1판 1쇄 찍음 2022년 12월 16일
1판 1쇄 펴냄 2022년 12월 27일

지은이 마티외 랭동
옮긴이 신유진
펴낸이 안지미

펴낸곳 (주)알마
출판등록 2006년 6월 22일 제2013-000266호
주소 04056 서울시 마포구 신촌로4길 5-13, 3층
전화 02.324.3800 판매 02.324.7863 편집
전송 02.324.1144

전자우편 alma@almabook.com / alma@almabook.by-works.com
페이스북 /almabooks
트위터 @alma_books
인스타그램 @alma_books

ISBN 979-11-5992-373-9 03860

알마는 아이쿱생협과 더불어 협동조합의 가치를 실천하는 출판사입니다.